一九九六～二〇〇五

陳長慶作品集

別卷

【陳長慶作品集】別卷

目次

謝輝煌先生作品

7 沒有結局，便是結局
——陳長慶〈再見海南島·海南島再見〉讀後

15 一水關山路迢迢
——陳長慶《秋蓮》讀後

23 來自巨靈掌中的笛音
——陳長慶《午夜吹笛人》讀後

31 纏綿在一粒鈕扣上的愛情
——淺介陳長慶《失去的春天》

35 蘸著金門的血淚書寫金門
——邂逅陳長慶和他的書

41 為走過的留下痕跡
——陳長慶《日落馬山》讀後

白　翎先生作品

57　探討〈再見　海南島〉的寫實性、懸疑性和道德觀
67　感恩憶故人　髮白思紅粉
　　——初讀陳長慶的《失去的春天》
77　因為真實感　所以引人注目
　　——論陳長慶《失去的春天》之「人物篇」
117　陳長慶這個人
　　——序《何日再見西湖水》
125　時局盡荒唐　一把辛酸淚
　　——陳長慶筆下的家鄉角落
139　童養媳的情慾孽緣
　　——剖析《冬嬌姨》的故事背景及其情慾世界
155　與魔鬼共織的少女留台夢
　　——探討《夏明珠》的悲劇角色
165　尋覓中古金中人的白宮歲月
　　——導讀陳長慶《烽火兒女情》

張國治先生作品

177　時光並未走遠，仍在我們的記憶及文字中

195 在地情懷，在地詩
——試讀陳長慶六首在地觀點的「金門話」詩
——序陳長慶《再見海南島．海南島再見》

林怡種先生作品

201 走過艱辛苦楚的歲月
——序陳長慶《失去的春天》
205 只要有心向學　社會到處是大學
——從縣籍作家陳長慶再出版新書說起
209 沒有完整學歷　也能成就大事業
——從陳長慶出版新書新聞躍登世界日報說起

陳延宗先生作品

213 此情可待成追憶
——尋找陳長慶《失去的春天》
233 天長地久月光情
——陳長慶〈再見海南島．海南島再見〉讀後
235 人生海海情悠悠
——陳長慶《春花》讀後

附錄 243
——咱的故鄉咱的詩
第一帖：今年的春天哪會這呢寒
第二帖：了尾仔子
第三帖：戒嚴前後
第四帖：某政客
第五帖：故鄉的黃昏
第六帖：咱主席
第七帖：阮的家鄉是碧山
第八帖：寫予俺娘的一首詩
第九帖：某人士娶新婦
後記 287
創作年表 289

沒有結局，便是結局

——陳長慶〈再見海南島‧海南島再見〉讀後

謝輝煌

〈再見海南島，海南島再見〉這個二萬字左右的短篇，是金門老戰友陳長慶兄在停筆二十三年後，再提筆上陣的一篇力作。內容描寫一對世俗地位前後互換，差距越拉越大的男女的愛情故事。時間縱貫二十年，空間由金防部的武揚營區（坑道）及金城的特約茶室，經臺灣延伸到海南島的海口市。當他的世俗地位看起來比她高時，他慷慨付出「茶與同情」般的感情，她欣然接受；而當她的世俗地位看起來比他高得多時，她也慷慨付出「以德報德」般的感情，他傲然拒絕。結束了一個沒有結局的愛。

故事的男女主角，分別由曾任職金防部政五，負責督管特約茶室的作者本人，及身為被督管的茶室侍應生王麗美擔任。故事採用第一人稱的方式進行，由男主角參加海南島觀光旅遊團，於香港飛往海口市的轉機途中，以「在有限的人生歲月裡，能踏上這塊夢想中的土地，它的不凡意義，遠勝觀光旅遊。」等語，做暗示性的拉開序幕（或指兩岸開放？或一語雙關？），復以飛機落地時，一眼瞥見的兩個斗大的「海口」紅字，推開故事的大門。待進入「海麗酒店」，又從「大堂經理」似曾相識的倩影上展開夢的捕捉。當高雅華貴的王麗美以大掌櫃的身份出現，並主動認出男主角後，立即使他原先擁有的一段美好的回憶，因情移勢變的現實，而幻滅成「心如一杓死水」的冷灰。接著，以回憶的筆觸，倒敘兩人在金門相識、相惜、相戀、相別及失去聯絡的種種經過。然後再拉回眼前，以較大的比重，著墨於王麗美的光輝事業及前呼後擁的氣派，拱出兩人眼前世俗地位的極端懸殊，使身為擺書報攤的小老頭的男主角，迷糊在「重逢是故事的開始，還是結束？」的現實人生裡。繼而在意識到自己「倒像是一條寄生蟲」的不甘心的心理下，拒絕了那塊從天上掉下來的天鵝肉，回歸到自我的本真。完成了一個「沒有結局，便是結局」的愛情故事。

就故事說故事，這是個探討靈與肉、雅與俗、同情與感恩及理想與現實等問題錯綜複雜，且相互矛盾衝突與掙扎戰鬥的故事。誰勝誰負，也許並不重要，真正重要的，是作者如何去面對、克服這些問題？因為，文學作品不是綜藝節目或卡拉ＯＫ，也不是一個觀光景點，僅提供視聽之娛而已。作者恆是要藉著故事實體的呈現，提些問題，捉弄我們的思考，或展現他對諸多問題的看法，供讀者驗證。例如，在這個小說裡的男女主角，不是別人，而是我們自己，則對男女雙方相互的施與受，報與答的問題，就不能不去思考了。

愛情的本體很簡單，附著在愛情本體外面的現實事物卻非常的複雜。在這個小說中，愛情的初發與結束，簡直就是同情與憐憫、懷恩與報德的糾葛。因此，就不能不先釐清一個現象或事理。亦即：當自己的世俗地位看起來比對方高些時，同情與憐憫式的付出，不但很容易，而且很高貴。反之，伸手去接受那份同情與憐憫式的付出，有時卻很困難。即使在非不得已的狀況下接受了對方的恩惠，而那份懷恩與報德的感情的債，往往會把人壓死。另一方面，在付出了同情與憐憫之後，是否能摒除世俗與物議的考慮，馬上又接受對方超乎物質、友誼以外的懷恩與報德的愛情呢？尤其是，當兩人的世俗地位發生前後質量互變時，原先「受」的一方極欲變成「施主」，甚至強勢地希望原來的「施主」變成「受」的一方，這將會產生什麼樣的結果呢？

誠然，人生在逆境的時候，的確需要人拉一把。但人在順境的時候，要人家接受「嗟來之食」，卻不見得是圓滿的功德。然若純粹是在形而上的仁愛之情的平等精神基礎上，「投我以木瓜，報之以桃李」，便無論施、受、報、答，莫不欣然酣然。但若施之以愛情，結果就往往出人意料。這也恐是陳長慶何以要在這個小說中，令早先站在「受」的一方的王麗美，常拉高姿態，以「你是說侍應生不能看書？」、「如果你有所顧忌，相見不如不見好。」、「跟一位歷盡滄桑的侍應生一起賞月，你不覺得委屈嗎？」、以及「你想的總比說的多。」，「心胸要開朗，眉頭不要鎖緊。」等話語去詰問、譏諷和告誡「施主」陳先生的道理所在了。

同理，當陳先生一見王麗美最初「報」之以深情，作者就教他立即產生「興奮與矛盾」的心理，令他自惑於「伸出的手是友情的手抑或是愛情的手？」的迷霧中。當她「報」的感情愈濃愈多時，作者又用力地深化他心中的矛盾，衝突，使他苦陷於「想見她，又怕見她」的泥淖中。甚至當她產下「父不詳」的嬰兒，最需要他、最惦著他的時候，作者更令他「躲得遠遠的」。其中，固然或隱有作者對傳統的、世俗的價值觀念的批判，但又何嘗不是因「施」與「報」的不平衡所產生的自然反撲現象。

再同理，當王麗美在招待金門觀光客的晚宴上，大膽寬解世俗的外衣，忘卻別人的驚訝與聯想，以及自我的存在，沉醉在以愛情作為高尚的感恩與報答的甜夢中時，作者卻讓陳先生「低頭聆聽」、「沒有仰頭看她的勇氣」，甚至以「我的心早已隨著歲月的流失如一杓死水」，作無言的抗議。而當她摺出「信封袋裝的是二仟元美金，任何銀行都可以兌換，也夠你回來的費用」及「我倒要看看，你把我當成誰呀！我的安排可能讓你不滿意，對不起，陳先生，不滿意也得接受，知道嗎？」這一串「報」得有點過分（不只是「過分」，簡直像中共逼降式的統一論調一樣）的話時，作者也特以醒酒湯灌向陳先生，令他清醒到「難道我甘心在這烏雲下做條寄生蟲？」的狀態，接著再令他「解開繫在頸上的領帶」（領帶是王麗美替他打扮的），並發出「虛偽的紳士不是我該追求的」的怒吼，以示嚴重的抗議，並畫下一個「天涯海角，何必再相逢！」的沒有結局便是結局的完美句點。

至此，似可不必計較他們在「施受報答」過程中，所表現的猶疑、矜持、倔強、懦弱的細節。總之，在「患難成好友，富貴莫作鄰」的現實中，形而上的施為不見得管用，而形而下的禮尚往來，互敬互助，往往更受用。尤當世俗的社會相互懸殊時，施與受的分寸拿捏更是學問。這也印證了作者在王麗美給陳先生的信中所說的，「克羅齊的《美學》，但只是理論。」的結論。所以，聰明能幹的她，在實際生活中，照樣「是一張白紙」。照樣會不顧對方的承受力如何，大擺其鳳凰、孔雀的華章，說什麼「給你一個月的時間總夠了吧，回來時什麼都不必帶，但你那寶貝的書除外。」、「放心，我自有安排，遊完北京我們到武漢看黃鶴樓，到長江看三峽，到桂林看山水，到重慶看山城，到廈門看金門。」完全忘了當年的淪落、狼狽與力爭上游。這些話，與其說是王麗美的無心，毋寧說是她的無知；與其說是王麗美的財大氣粗的無知，又毋寧說是時下一些暴發戶的狂妄與自大。因此，作者才又借陳先生的靈魂說：「內心卻交織著幸福與痛苦的抉擇，在茫茫人海裡，在這變幻無常的社會裡，我該選擇什麼？……難道我該重新讀書，取得傲人的學歷，把髮絲染黑，用虛偽來遮掩一切，用先進的美容劑，把老人斑漂白……險惡的人類啊！你們不是口口聲聲喊著要改革這個不良的社會，為什麼無法取下人類勢利的雙眼？為什麼？為什麼？」接著又自怨自艾：「任憑你滿腦的四書五經，也抵不過一條繫在頸上的領帶，我能說什麼呢？」雖然，作者「無能說什麼」，卻也借了書中男主角的手，堅持著把那條領帶「解了」，做為對世俗的一個總答覆。也可以說是這個時代認知的一個頑強的表白。

小說家沒有義務把筆下的癡男怨女都寫到「終成眷屬」，自《孔雀東南飛》（作故事詩看，實有小說性質。男女主角雖成眷，卻因外力無法和鳴到老）以下，不知凡幾！固然，王麗美的「圓夢」心切，奈何，陳先生不吃那「君臨天下」的一道菜，寧願回到書報攤上對著北風喝涼水，有冷暖自知的味道。然若當年的王麗美是帶著女兒在海口市的街頭，過著「文君當爐」的生活，或離金赴臺時，堅邀陳先生一同去臺灣開創新生活，作者恐不會那麼狠心地在王麗美的靈魂深處捅這一刀。總之，去此一寸，就注定了好夢難圓的結局。整個來說，這個小說寫得相當成功。小小的格局，配上簡潔的佈置，播放點輕音樂，讀來蠻有行雲流水的悠閒感。此外，故事情節的安排、穿插、啣接，以及人物的刻劃、心理的描寫，皆有動容的表現。兩萬餘字，能寫得如此粗中有細，小中見大，尤其是對白的落實及餘音裊裊的韻味。不是下過「一番寒徹骨」的工夫的人，難望其項背。雖然，王麗美的再度出現，在見面場合的舉止言行，甚至一些投懷送抱的動作略見誇張，但卻釀造了對比強烈的效果。唯一的疏忽，是當「海麗酒店」四字出現時，未能震動陳先生的感覺神經。因為，「海麗」二字，在「陳叔叔」的記憶中，應有「海般的美麗」才是。

但也或許是五星旗擋了點視線，沒立即聯想起來吧？

最後，要附帶一提的，是這些年來，以金門特約茶室（即那些外行人口中的「八三一」）為背景的小說或報導，間或入眼，但扭曲的地方，常令人血脈噴張。有人甚至連「八三一」三個字都不甚了解，便大吹起法螺來。看吧：當年曾把「匪諜」的妻子，判了刑的女犯人，都送到金門去「勞軍」。小徑茶室的一名侍應生自殺了，官兵就在在茶室裡佈置靈堂，為她開弔。莒光日，部隊派士兵去替姑娘們洗床單、擦門窗、打掃清潔（只差一點沒替姑娘們打水洗身子。）……等等「黑白講」，真叫人「傷心落淚」。更有位後生作家說，金門的軍民關係一向就不好。看樣子，「伯玉亭」都是紙剪的，貼在那裡的。看到那些「狗屎文章」，就恨不得電請陳長慶來做個「總評」。何以見得他是最瞭解金門特約茶室內幕的「權威」呢？蓋當年在中央坑道的辦公室裡，常接受陳長慶送過來的，替侍應生們申請核發「入出境證」（六十一年改為「中華民國臺灣金門地區往返許可證」）案件的第一處的「謝參謀」，可以作證。小說容易寫，要能「過火海」，才算見真章。此是題外話，卻也憋了很久，及讀了陳長慶這篇以金門特約茶室之一角做背景的小說之後，不能不說的幾句公道話。

原載一九九六年十一月廿九日《浯江副刊》

一水關山路迢迢

——陳長慶《秋蓮》讀後

謝輝煌

作家是寫出來的，更是「讀」出來的。在《秋蓮》這篇小說裡面，不難看出作者又「讀」了一些別人少讀的「人間書」，如理髮業的「行話」：雞（一）、身（二）、國（三）、原（四）、強（五）、王（六）、珠（七）、波（八）、尻（九）、寸（十）、墨賊（平頭）、蔡良（多鬍）、淋山（洗頭）、澇良（修面）、賴塔（費用）、強仔坑（五元）、點（老闆）、儉坑（收費）等等。又如檳榔攤上的專有名詞：包葉、包青、雙子星、紅灰、白灰、老花等等。又如高雄市、臺南市、西港、灣裡，及秋蓮家鄉新復村等處的地形、地物、景色、風情等等。而一句「左邊是市政府，府後是港都有名的風化區」，便把高雄市當年的「繁華」盡收眼底了。此外，醫學、心理學、及遺傳學方面的知識，也不斷地在小說中展示著威力。

觀察人生、人性，是作者的另一種「讀」書的方法。例如：書中老馬首次出場時，作者透過直接的視覺和杜大哥間接的敘述，使人對老馬產生了深刻的印象：他頭上是「烏肉馬股」；足下是「棕蓑木屐」；嗜好是「酒煙檳榔查某賭」；行為是以「扁鑽」、「三角虎」稱霸鄉里，「騙吃騙喝，騙財騙色，向酒家和妓女戶收保護費」；經歷是「剛從火燒島回來，變得更大尾」。著墨不多，而形象凸出。不「讀」得仔細、認真，難臻此境。

整個來看，《秋蓮》這篇小說的結構，誠如作者在「後記」裡所言：「是由〈再會吧！安平〉和〈迢遙浯鄉路〉串連而成。」旨在「紀錄已逝的時光和歲月，以及內心難以撫平的悲傷年代。」寫小說，故事不一定要「真」，然作品中所隱含的創作「意識」，即寫作動機，則「如假包換」。換言之，故事只是一隻瓶子，瓶子裡裝的東西，才是最需要、最值錢的東西。

《秋蓮》這隻瓶子，只裝了兩顆飽經悲歡離合，又甜又苦的心。而那個悲歡離合的故事，只發生在臺灣和金門這兩塊僅隔一水，卻似近還遠，關山萬重的土地上。所謂「似近還遠，關山萬重」，是指金門早年處於「軍管」狀態下，人民往返臺金，比今天往返臺北、北京還要困難許多，即使在金門服役的軍人也不例外。舉個實例：當年有位剛從學校畢業不久，奉派至金防部服務的海軍中尉，休假返防時，因不諳單行規定，未先赴高雄「外島服務處」報到候船，而逕自搭乘他原服務單位的運補登陸艇按時返抵防區，依規定可簽會「政四」保防部門，以「非法入境」查處。幸第一處承辦人認為「情有可原」，且未逾假而未予簽處。嗣後有一因逾假而遭申誡處分的中校參謀向上面告狀，認有徇私、不分情事。經上級查得，承辦人員與該海軍中尉並無私誼，亦未抽過該海軍中尉一根香煙。完全是基於顧及該年輕軍官一生事業前途的考量，而從輕發落，私下告誡了事，故而未簽會政四，讓政四在該海軍中尉的保防資料上，記下一筆可大可小的「黑帳」。上級明鑑，乃不再追究。

由上述事例，便不難想像當年臺金兩岸，也有不知多少的牛郎織女不如的悲歡離合的故事，一直像海裡的暗流般在翻滾、洶湧，欲仿效「金風玉露一相逢」而不可得。金門人想娶臺灣小姐必經三關四卡，固不待言。臺灣去的阿兵哥，包括隔不幾年就隨部隊輪調金門的「老金門」老兵，雖和金門姑娘熱到海誓山盟的地步，也限於規定，而心灰意冷。結果，一聲輪調換防，「兵變」如山倒，海不枯而「愛」已竭，石未爛而「情」已碎。這種情形，說是「命」也可，說是「緣」也可。反正，月老有線繫千里，媒婆無能合兩家。很多美麗的故事，便潮起潮落在兩心之間，成了當事人永遠難忘的記憶與心史。好在時代變了，書中男女主角，還有臺南安平和金門醫院的兩次重逢，可惜的是，聲聲都是生離死別的時代悲歌，但這正是作者的命意所在。

如果讀者曾讀過作者於一年多前所寫的另一個短篇〈再見海南島，海南島再見〉的話，當可記得作者在那篇小說中，曾提到從金門到海南，要先從金門飛臺灣，再由臺灣飛香港，然後轉機到海南，迂迴曲折，兜了個大圈圈的麻煩事情，而另一個事實，是當年划著小船到廈門去買東西的金門人，因「鐵幕」的鐵門一拉下，便變成了「廈門人」、「共匪」，甚至「匪諜」，不知何日返家園了。現在呢，站在廈門岸邊都可以看到對岸老家的屋門，若想回家一趟，也得從廈門辦好入香港特區的手續及入臺的申請，然後從廈門，經香港、臺灣轉金門。而等不及的親人，遊子的腳還來不及跨進古老的門檻時，最後一口氣竟卡在肚子裡，出不來了。所謂「迢遙浯鄉路」莫此為甚。現在，這《秋蓮》中的女主角，自從與金門籍的男主角相識而一見鍾情，而兩情繾綣互訂白首之後，也等了半輩子才得到「慈航普渡」。然最後的重逢旅程，幾近奔喪。雖然，阻礙重逢的另有曲折，如當初往返方便，故事就可能要重寫了。總之，這其中的一切的一切，誠如作者在下卷第六章裡機帶雙敲的話說：「它（金門）美其名為『停泊在廈門港口不沉的戰艦』，但仍然得看海洋大氣的臉色：飛機的起降，由不得人們自行操控。」當然，這也只能說是「大時代的小故事」。小說是以呈現故事為主，呈現故事的方式，不外直接與間接。前者是採第一人稱「我」，作現身說法式的講故事；後者有如電視上的新聞主播，把「採訪」到的故事間接告知觀眾，亦即第三人稱「他」的方式來呈現一切的活動。《秋蓮》是採第一人稱「我」的表達方式，由男主角把他親身經歷的故事講出來。

這種方式有讓讀者親臨故事現場的臨場快感，但也有不方便之處，即「我」不能在故事終了之前失去行為能力，而當「我」未親見耳聞的事情必須加入時，就得另謀補救措施。例如《秋蓮》中的「我」，最後幾乎是一個在鬼門關前等候判官來驗明正身的人，如是採用第三人稱來寫，就沒有如撞球檯上「洗澡」的危險。

走險路，下險棋，是一種挑戰。對一個藝高膽大，且有旺盛的挑戰精神的小說作者來說，有時如蘇東坡面對「斷岸千尺，山高月小」的美景時，情願捨舟登岸，「攝衣而上，履巉巖，披蒙茸，踞虎豹，登虬龍，攀栖鶻之危巢，俯馮夷之幽宮。」而不願徜徉在金門的中央公路上。因此，在上卷第九章中，作者便欲擒故縱地，由秋蓮留下的一封「假信」來提高懸疑，並藉杜大哥的一句「剃頭查某無情勝過有情」，來深化那封假信的「真」，使情節再曲折一次。直到第十章裡，秋蓮在時過境遷，沒有危險（老馬已去「天國」多年）的情形下，和盤托出老馬曾經如何佔有她、虐待她的種種，才彌補了「我」在自高雄一別後，到安平重逢時，中間這段無法「親見」的故事。而到了下卷第八章，又不得不藉秋蓮對兒子的一句「不！（故事）在我的提包裡。」把男主角和吳念金無意間在醫院相見不相識，以及爾後由兩人各自所體見的種種遺傳特徵上，似可證明是「父子會」的經過，為後半個故事的重現，做了個「煉石補天」的工作。雖然如此，還是有未竟全功之憾，亦即未能安排使「我」的病情暫時得到控制，以利把故事寫到某個時候，作一正式結束，就比較順理成章。所以，秋蓮到金門的事，最宜用暗示性的虛寫，而不宜見之實際行動。而「我」的生命，也只宜用病況來作可維持數月之久的「預言」。否則，整個故事的結尾，便不可能在「我」手中完成。

任何小說，除有故事的發展外，便是對人物的型塑工作了。塑造人物，不外從容貌（含特徵）、動作、言語等方面下手，使人物的思想、個性、觀念等內在形象清楚地，一點一滴地呈現在讀者面前，使人有聞其聲即知其人之熟悉感。《秋蓮》中的主次要人物有十來個，刻劃得生動的，當首推已赴「天國」的老馬。他的形象，已在前文中見過，不必贅述。而他的登場，確能帶給敏感度較高，且具有世故經驗的讀者，一份「山雨欲來風滿樓」的震撼。也可以說，這個「角頭」一現，秋蓮成為待宰羔羊的命運已呼之即出。

另一方面，小說中主要人物的思想、觀念，實際上就是作者的思想、觀念的翻版。試看，作者對男主角的描繪：一個穿黃卡其制服，服務軍方的戰地平頭青年的小僱員，滿腦子都是「職業沒有高低之分」，大有「能憑勞力賺錢的貓，都是好貓」的傳統家風。因此，他對眼前這個「拿刀」出身的「三八剃頭查某」，就不認為是個「三三八八的阿花」。即使杜大哥提醒他：「剃頭查某，我看多了，無情勝過有情。」他還是堅持自己的信念，認為秋蓮「不像一些三八剃頭婆仔，人人好（很隨便的意思）。」而對於「情義」二字，他相當自信的說：「我像一個無情無義的負心人嗎？」作者筆下的女主角是怎樣的一個人呢？原來，她是一個農家出身的女孩，國小畢業，左腮有顆小小的美人痣，兩頰有一對迷人的酒渦，很像老牌影星陳燕燕。那年代，臺灣也很窮，有些蓬門碧玉，多走向「拿刀、耍棍，端盆子」（即剃頭、彈子房記分及賣身）這三個特種行業。秋蓮走向拿刀這一行，學了三年四個月，然後在都會打滾，頗有社會經驗。然平日所接觸到的，都是些「差一個字就不叫『純潔』的人」。所以，當她一接觸到那個來自外島的「憨憨傻傻」的「小弟」時，第一個反應就是「金門少年，真古意。」接著，愛「烏」及「屋」，嚮往金門。接著，在喝了點酒後，情願寬衣解帶，為所愛獻身。然後，發出了「我們雖無『恩』可忘，卻都有『義』在身。」的互勉互勵。而經過人生的慘烈波折後，堅守「義」的諾言，教導兒子認祖歸宗，自己也做到了「生是夫家的人，死是夫家的鬼」這份傳統美德。

已很明顯了，作者所要傳達的訊息，全在男女主角身上凸顯了。小人物而能「只見一義，不見生死」，能「義無反顧」去追求人性中的至美，而不沾帶一點世俗，這比空口喊一千個「心靈改革」要珍貴千倍。

文學是離不開人生的。《秋蓮》這篇小說，在現實生活上，有批判，批判了一個「迢遙浯鄉路」的「悲傷年代」；在空靈世界裡，有讚美，讚美了一份祖宗遺傳下來的「古意」。這份「古意」，由帶著一份淡淡的「秋」的哀怨，和「出污泥而不染」的「蓮花」組合而成的「秋蓮」導引出來，歸結於「念金」身上，也就不辜負朱熹老夫子當年在金門講學的深恩厚澤了。

原載一九九八年六月廿日《浯江副刊》

來自巨靈掌中的笛音

——陳長慶《午夜吹笛人》讀後

謝輝煌

韓愈在《送孟東野序》裡說：大凡物，不得其平則鳴……人之於言也，亦然。有不得已者而後言，其歌也有思，其哭也有懷。」申而言之，任何形式的文學作品，都是作者表達意見的載體與舞臺。《午夜吹笛人》自不例外，今作者陳長慶既已「吹」起他的「笛」音，其中必有「不得其平」的「心中無限事」（白居易〈琵琶行〉），否則，他應沒有那個閑情作「短笛無腔信口吹」（宋雷震〈村晚〉）的消遣。

究竟，陳長慶「為何而吹」？又「吹」出了什麼消息呢？請聽：（摘要）

——我將用筆尖沾著血液和淚水，為苦難的時代和悲傷的靈魂做見證。（「寫在前面」）

——今天未過，那知明天是什麼氣候？（第四章）遇到戰爭，誰還能把希望寄託在明天。有了今天，過不了明天，是常有的事。（第六章）

——生活在這個時代的浯鄉子民，註定是這場戰爭（指八二三砲戰）的犧牲者，難道該用鮮血換取和平，用屍首弭平這個苦難的年代。（第六章）戰爭沒有絕對的贏家，輸得最慘的，永遠是善良的百姓。（第七章）

——官派的（村）指導員，什麼都是命令，動不動要抓去槍斃。築工事還要自己帶飯，在匪砲的摧殘蹂躪下，在政府官員的脅迫下，我們已成為沒有尊嚴的三等國民。（第七章）

——耳際傳來美鳳一陣陣痛苦的呻吟聲，聲聲都像針一般地猛戳著我的心胸。我深知，晚上十點戒嚴宵禁，一切由不得你不聽不從，動不動軍法大刑伺候，管你是死是活。村公所有通行證，總算他（指副村長）的良心沒有被五加皮酒毒化，心

生同情，拿出那張比他祖宗十八代、比他祖宗神主牌還管用的通行證。我拿了就走，這種狗腿子，不值得我們稱謝。（第二十九章）

——「從軍」只是想遠離這塊即將被砲火吞噬的島嶼；「報國」二字對一個長年生長在這塊島嶼的順民來說，的確是倍感遙遠。（第十章）「報國」不一定上前線，信仰三民主義也是「報國」。早知如此，何不早就「從軍報國」，免得在家聽砲聲，躲砲彈。（第十一章）退伍並不代表我們不愛國，在社會上盡一己之力，也是報國。（第十五章）

——這是現時代的悲傷和無奈，也是浯島子民負笈他鄉求學謀職，所必須面對的問題（指往返交通困難及安全檢查等），我們不得不屈服於現實。（第十章）我能理解，這是一個非常時期，因為我們時時刻刻都在準備反攻大陸，因而要戒嚴，需要設限，讓人民永遠痛恨沒有居處的自由。（第二十一章）

——一切都怪這場戰爭（指內戰），讓人妻離子散、家破人亡。落葉既不能歸根，就任它到處飄揚吧。我已年老，你卻力壯，有一天，你必須帶著美鳳，回到你的家鄉（指金門）。（第十四章）我也不明白為什麼要把這支笛子送給你，彷彿你的歸鄉，能為我捎來一些鄉訊，因為你站在太武山頭，就能望見我的故鄉……「我們將同乘希望的翅膀，陪你在太武山頭喚爹娘」。（第二十一章）

——我們不希望它成為一個繁華的都市，如果能保留一個祥和的農村風貌，延續純樸的民風習俗，讓金門這艘不沉的戰艦，不僅是因戰爭而聞名，而是它的純樸、它的人文氣息，才是世人推崇注目的焦點。（第二十三章）

原來，作者在書中「吹」出了這許多「消息」，足證任何一篇小說，都是作者「有的放矢」地，在利用人物、場景、情節等，做為一個虛構故事的硬體材料，然後在故事的進行中，見機而捉，把心中已製作完成的軟體（欲表達的意見）鑲嵌進去，做為整部小說的靈魂，使其「歌也有思，哭也有懷」，而大放光彩。

小說離不開故事。《午夜吹笛人》，是通過一個幼年失去母愛的金門青年，經歷後母的虐待、兄弟的分離、八二三砲火的摧殘、父親及後母的相繼過世、從軍、退伍、在臺灣結婚、創業、妻子流產、回鄉、妻子難產身亡等大半生不幸遭遇，表達了對國共內戰、反攻大陸、戰地政務、從軍報國、志願留營、葉落歸根、及金門還政於民後等種種問題的看法與願景。人物雖小，故事也不夠曲折離奇，但卻是一頁活生生的戰地小人物的血淚史，是戰爭巨靈掌中流瀉出來的哀怨笛音。

從以上的文摘中，不難看出作者所表達的大部分「意見」，在「非金門人」看來，是要「跌破眼鏡」的。原因是幾十年來，大家習慣了「反共復國」、「從軍報國」、「軍民合作」、以及「軍愛民、民敬軍」等報導與禮贊，這些當然也是事實。但，月亮裡也有陰影。即同一事象，對軍民或前後方，或當事人與非當事人的感受往往不一，甚至相反。例如：早年軍隊全部借住民房，在有作物的田地挖戰壕、打野外，在海灘架鐵絲網、埋地雷、管制進出，及全面實施宵禁等，軍人的感受是「理所當然」，後方的感受是「防務堅強」，但前線民眾的感受則是「苦不堪言」與「有口難言」。又如：鄰居的兒子去從軍報國，跟自己的兒子去從軍報國，感受絕不會一樣。又如：「與戰地共存亡」，多麼慷慨激昂，多麼驚天地泣鬼神，但他們在戰地外的親人，則是天天在膽顫心驚中，求神拜佛過日子。即使同在戰地的軍民，彼此的心情也絕難一同。例如：軍人在作戰到某個階段，有換下來喘氣的機會，或輪調到臺灣來「享福」一個時期，居民卻只能仍守著破碎的家園，過一天算一天。因為，他們雖也有鐵打的營盤（祖厝、田地），可沒法變成「流水的兵」。他們生於斯、長於斯、歌於斯、哭於斯、死於斯、葬於斯、永遠沒有「輪調」。砲彈來時，硬著頭皮頂；砲彈不來時，咬緊牙關，修屋補網，整田理地、看天播種。所以，不是個中人，難知個中苦。金門開放觀光後，觀光客在飽享風光及口福之餘，是否注意到民俗村裡守著風雨、夕陽待黃昏的老婦人？她們還不如那一排蒼老的白千層。

戰地政務，是在反攻大陸的設計下，站在「上馬殺敵，下馬治民」的觀點來看的。如果，沒有戰爭，又何須「保鄉衛家」？不過，金門歷屆的主任委員及官員們，也不乏愛民如子之心。但在基層幹部中，拿著雞毛當令箭，而又沒擔當者，也決非絕無僅有。否則，作者不會撂出「這種狗腿子，不值得我們稱謝」的狠話。其次，負責「出入境」安全檢查的「大員」，要說沒有「傲慢、無禮、囂張」及「扣下洋酒」等惡形惡狀，那也太「善化」他們了。如果真的「不是這樣」，則為人頗有「古意」的作者，諒不會如此「抹黑」他們。因為，作品出來後，決難逃讀者的嚴格檢驗與裁判。

總之，金門人半世紀來所受的苦難，決非「境外人」或「過客」所能盡知，也不是一句「海上公園」所能遮掩。只是，在「士氣第一、光明為先」的時代，沒人願意去「掀鍋蓋」而已。畢竟，我們終於「進步」到能說真話的階段，這是作者之福，也是所有作家和詩人的福。

老實說，金門不僅是兩岸之間的「是非之地」，也是蔣介石和胡璉的「是非之地」，更一度成為臺灣政壇的「是非之地」。這是中共當年在古寧頭慘遭滑鐵盧所留下的後遺症。因而才有「古寧頭的勝仗究竟是誰打的？」的是非題，才有蔣介石「守不住金門？」

的是非題，才有「戰地政務是成是敗？」的是非題，才有中共「八二三砲戰該不該打？」的是非題，才有民進黨「金馬要不要撤軍？」的是非題。但，是非題還沒有做完，歷史老人，一直在這塊島嶼上開玩笑，一直導演著「禍福相依伏」的連續劇。如書中的阿雅，因戰爭而由政府輔導，轉學臺灣，終能完成大學教育，便是前人鮮血後人鮮花的例子（這種例子，在當今國內文壇、畫壇上，光是手指已不夠數了。其餘各業各行，出類拔萃者，更不勝枚舉）。只是，這篇小說，旨在記錄那個時代的「血液和淚水」，角度不同，著墨自有輕重濃淡之別。

就技巧而言，在這篇小說中，作者並不刻意地去製造大衝突、大高潮，只是用平實的語言，說平實的故事。對話方面，絕大多數都是用母語來完成，鄉土味特別醇厚。人物刻劃方面，最突出的該是後母李仔玉。從外表到內心，都沿著毒辣的路線去型塑，暗示了一種不祥的結局。其次是三叔公，只露幾下臉，那個正義的形象卻令人難忘。武上士的內斂與幽怨，也寫得很好。一支韋瀚章詞、李中和曲的「白雲故鄉」，吹醒了異鄉人葉落歸根的情懷，有家不能歸的哀思，並與孫伯伯的鄉愁完成，一拉一唱的搭配。此外，砲戰一角的描寫，既不誇大，也不掩飾，而戰爭的殘酷，自在大姆婆孤零的頭殼上那雙不閉的老眼裡。而《午夜吹笛人》居住的場景，只用「屋外有墳墓，夜晚有鬼火，三更有笛聲」十五字，建構了一幅淒冷的畫面，這是相當洗鍊的。至於人物的出場與退場，以及情節的過片，都能交代得清楚明白，不會使人有鑽迷霧的感覺。

最後要多說幾句的是：寫小說，不是光寫一堆熱鬧的亮片；看小說，也不是光看一堆花團錦簇。《昔時賢文》有句云：「大抵選他肌骨好，不敷紅粉也風流。」《午夜吹笛人》這篇小說，是夠得上這個「肌骨好」的水準的。

原載二〇〇〇年十二月二十六——二十七日《浯江副刊》

纏綿在一粒鈕扣上的愛情

——淺介陳長慶《失去的春天》

謝輝煌

金門在這半個世紀的前三十年，來自對岸的百多萬發砲彈，不但沒把它轟垮，反把朱熹藏在島上的筆林給掀出來了，陳長慶撿到一支。

陳長慶，金門人，民國卅五年出生於貧苦農家。讀了一年初中，就上山下海，又當學徒。幸而在金防部福利站謀得個雇員，勤讀苦修，邀得廖祖述將軍的激賞，由會計調升經理，兼辦防區福利業務。同時和友人創辦《金門文藝》。嗣因廖將軍榮陞離金，環境大變，憤而辭職，在山外以賣書報餬口至今。著有《寄給異鄉的女孩》等十四種詩文、評論和小說。華髮早生，但這不是他的「失去的春天」。

《失去的春天》，以他做經理到辭職的那段時空為背景，採第一人稱手法，敘述金門籍福利站經理「陳大哥」，和藝工隊台柱的湘女顏琪，及軍醫院川妞少尉護理官黃華娟之間的悲歡離合。

故事從炊事班長的玩笑，到藝工隊的黨員小組會議，到春節「離島慰問」次第展開。在大膽島，廖將軍插花點燃陳、顏間的戀火。接著，陳大哥因「小據點巡迴服務」和慶生晚會而累倒，顏琪探病照料，照出緣定今生的盟約。不意藝工隊在「國軍年度藝工團體競賽」中奪得乙組亞軍，作「全省巡迴演出」，把顏琪的嗓子唱出了問題。就在住院開刀期間，黃華娟插隊，吹皺一池春水。偏是廖將軍榮陞，人事大搬風，搬來個「外行領導內行」，仗勢作威硬拗的局面，使陳、顏倍感不適。顏琪自小金門勞軍回來生病，經診斷，須送三軍總醫院，陳大哥在諸多刁難下無法親送顏琪住院，而由輪調回台的黃華娟代勞。待陳大哥趕到台北，抱回來的竟是顏琪的骨灰。多年後，廖將軍病逝台北，陳、黃相約前往悼念。「老情人」重逢，黃已是「老姑婆」的護理部主任了。只是，單身貴族的「遲來的春天」，還是沒來。

表面上，《失去的春天》只是他們三人間的恨事，實則真正的意涵應在故事的象外，如：

廖將軍對陳先生說：「他們體會不到，你們想為家鄉辦份刊物的心情。雜誌還沒有出刊，安全就先有問題，胡搞！」（第三章）在大膽島，廖將軍特別向顏琪介紹陳經理：「豈止是經理，他還是個作家：不但寫小說、散文、評論、出過書；還要辦雜誌。節目中記得把他介紹給島上的官兵朋友。」（仝上）因此，作者乃有「冬天將已走遠，春天的腳步已近」（仝上）的歡欣。廖將軍過世後，黃華娟說：「我們都同時『失去了春天』……。」（尾聲）

陳大哥在大膽島，曾「刻意地凝望著金廈海域朦朧的山巒，一道海域遙隔著兩個不同的世界；白雲的後面，果真是我們的故鄉！」（第三章）顏琪對陳大哥說：「萬一有一天我先走了一步，把我的遺體火化後，骨灰撒在大膽島的海域裡，因為我愛這個地方，也惦念著這個地方。」（第十四章）作者又寫道：「她（指顏琪）想賞的何止是這山谷自然怡人的美景，滿嘴甜甜的『蕃薯味』和『芋仔味』，才是她的最愛……。」（仝上）

曾大夫警告陳大哥，「想腳踏兩條船，你會死得很難看。」（第九章）黃華娟提醒陳大哥：「站在中間，不要偏一邊。」（第十四章）陳經理對常去特約茶室想白吃白喝的上校參謀官吼道：「告訴你，上校，金門人不是被嚇大的……。」（第十五章）陳大哥捧著顏琪的骨灰到松山機場時，作者代言：「繁華的台北離我愈來愈遠了……。」（第十七章）作者更有過無奈與悲傷：「可憐的人類，當春天尚未來到，我們期盼春天；當春天即將來臨，我們失去了春天。」（第十五章）

小說是個事象群，每個事象都可提供廣大的聯想與想像的空間。以此來觀照上述的聲音，不難琢磨出處在兩岸鈕扣地位的金門島上的金門人，與台灣本島人相同和不同的心思了。因為，他們曾為捍衛台灣，經歷過血淚和死亡的痛苦。顏琪愛得纏綿的，豈是金門的陳大哥而已！所以，要認識過去和現在真正的金門，應到金門人寫的金門中去細細觀察。

這部小說的布局、伏筆，以及真實的時空、人物，很有令人欲窺究竟的魅力。作者不用特技表現，而在平穩中常見警策，也凸顯了金門人樸實無華的高貴性格。不管是看熱鬧或看門道，都能看出點東西來，至基本架構，頗有《藍與黑》的身段。

原載二○○四年二月十五日《浯江副刊》

蘸著金門的血淚書寫金門

——邂逅陳長慶和他的書

謝輝煌

我十五歲在家鄉小河邊放牛的時候，連「福建」也沒聽過，更別說「金門」了。直到「古寧頭大捷」的消息傳到設在新竹的「怒潮學校」，才知我們的十二兵團已到了金門。接著，「金門前線」的名詞出現了。「前線」就是戰場，羅卓英將軍曾說：「軍人事業在戰場。」我們的「事業」當然在「金門」！

但是，上了「戰場」，卻不見「事業」，眼前只見一片黃沙、紅土、衰草、蚵殼、和少得可憐的樹木組成的土地。春來了，有毽子般的綠苗點綴在寒風瑟瑟的大片沙土上，跟我們一樣，有點怕冷的感覺。此外，印象最深的，就是《正氣中華》和「粵華香煙」了。然而《正氣中華》上沒有金門人的文章。

民國五十八年，再上「前線」。哇！整個金門煥然一新。在張彥秀編的《金門》畫冊上，晚唐的陳淵在島上牧馬，南宋的朱熹在金城講學，不願做官的小嶝處士丘葵在海印寺石室題詩。明朝的「父子進士」、「五桂聯芳」、「八鯉渡江」、和西洪村「人丁不滿百，京官三十六」的佳話仍在流傳。俞大猷的嘯歌在海邊飛揚。魯王和鄭成功壯志未酬的悲歌感慨，在太武山迴盪。邱良功墓園的石人石獸，披一身風雨斑剝，向我們細說昔日的風華。《正氣中華》仍在軍中發行，民間改為《金門日報》，副刊上出現了很多本地青年的作品，令人意識到金門的文風，正以承先啟後的雄姿，在復活與茁長。

兩年後，三上「前線」，因承辦「入出境」業務，行蹤被受聘政五組的金門青年作家陳長慶知道，又因他「豐干饒舌」，且帶著詩人文曉村來中央坑道，便有初次的見面。我依稀記得，他瘦瘦的、平頭、卡其布衣服、內向、後腦勺比較發達。他送了一本《寄給異鄉的女孩》給我，《金門日報》副總編輯謝白雲的〈序〉裡說：「我發掘了許多金門青年，他們都有寫作的先天稟賦……長慶便是其中的一個。」

從謝白雲對陳長慶的觀感中，我才知道他是一個天才型的作家。後來，我再從他收錄在書中的多篇評論得知，二十五歲不到，評詩、評畫、評小說、散文，篇篇老到，且敢於對藝術評論，提出「是基於『在藝術的世界只問收獲，不問作者的年齡、背景、身世、學歷』來撰寫我讀後的感受和心得。」的看法，他的細胞裡沒有藝術天分，胸懷中沒有藝術城府，決難如此脫穎而出。

和陳長慶見面後，好幾次在謝白雲家的小樓相聚。《今日金門》的主編明秋水和他的夫人、華視記者鄧子麟、柯國強等人，都曾是謝家小樓的過客。謝白雲愛打麻將，大夥聚在一塊，多是吃喝玩樂。陳長慶在我們這些「老油條」面前，「聽看」得差不多了，便回去了。至於他在政五組管了那些業務？那些替侍應生申請台金往返許可證的案件，是不是經過他的手移送過來的？當時都不太清楚。反正，政戰部來的案子，我們從不打回票，而且都是「馬上辦」，且不弄玄虛。或許就憑這點「硬」功夫，讓陳長慶和總室方面對我謬愛有加，「三八婦女節」那天，我被接到金城總室去，當了有生以來的第一次「貴賓」。

鋼鐵的太武山，流水的官兵。不久，我奉調第一軍團，文曉村、謝白雲也相繼離金，陳長慶創辦的《金門文藝》出爐了，但在第六期的〈詩專號〉出版後，革新一期由旅台大專青年黃克全等接辦，後來卻無聲無息。我退休前結婚，特請陳長慶代我買了一隻「金門壽桃」，送給美嬌娘，表示我「有辦法」。他託人送到台北，錢都沒有收。直到現在，才知道他那時「好窮」，後悔不該把自己的「有辦法」，建築在他的痛苦上。

他的《螢》，我看了一下是「愛情小說」，便不想看。因為，從金門回台之初，幾次相親，把我相「衰」了。愛情，離我太遙遠。喜劇，看了很傷感；悲劇，看了更難過。乾脆不看。倒是婚後我那「軍保夫人」（我是靠軍中退保的錢結婚的），帶去辦公室「傳閱」了一陣。

漸漸地，我變成了一隻離開金門的老燕，偶而會「記得去年門巷，風景依稀……。」

二十多年後，我突然見到陳長慶的〈再見海南島　海南島再見〉。那時，報上正在炒「軍樂園」。讀了這個以侍應生為女主角的小說，便有話要說地寫了一篇〈沒有結局，便是結局〉的「讀後」，順便提了一下「軍樂園」的姑娘，絕非「匪諜」的太太，或「女犯人」，以正視聽。不過，那篇「讀後」，只就人與人之間的「施受」心理，做了點膚淺的抒發。而對女主角的一句「到廈門看金門」，就未發揮。直到他的《秋蓮》出來了，我才在〈一水關山路迢迢〉一文裡，特加闡發。因為，金門人「到廈門看金門」，就是個「望穿秋水」的意識。陳長慶吐糟的目的，應是希望能早日「兩門對開」，活絡金門。但政客們卻把金門當做圓鍬十字鎬來耍。這不是金門人心中的另一種「痛」麼？難道只有星星才能知道金門人的心嗎？

陳長慶真的發飆了，從《再見海南島　海南島再見》起，到《烽火兒女情》，八年中完成了十一本書，其間還有〈走過天安門廣場〉等多首新詩。這股創作潮，應是他沈潛二十多年所累積的能量的部分釋放，其餘「待續」。

「文學是生活的表現」（李辰冬語），陳長慶的生活曲折而顛連。他出身貧苦農家，初中一年便失學。然後，在軍方的理髮部當售票員。回家種田。回理髮部當學徒、當「剃頭師」。得遇貴人，受聘軍方，承辦防區福利業務，接觸到一個特殊的社會層面。埋首圖書館。參加「冬令文藝營」。創辦《金門文藝》。憤而離開軍方、擺書報攤、暫時停筆。復出。一路上，更重疊著古寧頭，大二擔戰役；九三，八二三等多次大小砲戰，和長達二十年的「單打雙不打」；村莊變營區，田地作戰場；全面納入軍事管制，個個編配戰鬥位置；以及解嚴和廢除軍管後，各種新問題所帶來的衝擊等外在陰影。此外，還有島上的「三八婚姻」、避險的大遷徙和少女追夢的「留台潮」。因而使陳長慶擁有一般創作者所沒有的生活經歷和意識。由於他是從金門的血淚中一路走來，故能「用筆尖沾著血液和淚水，為苦難的時代和悲傷的靈魂做見證。」他的作品，沒有一篇離開了金門的人和事、血與淚。

陳長慶最痛的，莫過於金門人在戒嚴與軍管時期的失去自由。他的自由思想在太武山谷讀書時就形成了（見〈評「凌工書記」〉）。他在〈燦爛五月天〉中說：「我的思想偏向自由。」他又在《午夜吹笛人》反諷地說：「因為我們時時刻刻都在準備反攻大陸，因而要戒嚴，需要設限，讓人民永遠痛恨沒有居住的自由。」另在《夏明珠》、《冬嬌姨》……等其他作品中，也都有正面的抨擊和側面的嘲諷。

陳長慶最大的願望，則是「要讓文藝的幼苗在這島上成長和茁壯」（〈江水悠悠江水長〉）。他在〈燦爛五月天〉更宣告著：「只為了一個理想——把作品留在人間；只為了一份堅持——為熱愛寫作而創作！」這從他積極支持《浯江副刊》，到創辦《金門文藝》，到擺書報攤，到開書店，以及不斷地創作等事項上，除了可印證他對前述「願望」、「理想」的力行實踐外，也可看出他要用一部部的作品來證明一個沒有學歷的人，也能成為作家的事實，並藉此事實來鼓勵別人。另外，讀與寫是一種思想、言論的自由，他相當重視。他在〈拴在欄裡的老牛〉中說：「讓死亡的文學生命重獲新生，用筆尖沾著鮮血，揭穿人世間的虛偽和假面，以及人性奸詐醜惡的面目，倘若能如人所願，失去自由又何憾！」話雖跡近牢騷，卻有白居易「文章合為時而作，詩歌合為事而作」的宏旨。

總之，上天有意教陳長慶在金門做個示範，給他優異的資質，也對他預設重重關卡，考驗他的耐力。依他的「業績」，上天應不會吝於一個「甲等」吧！

原載二〇〇四年七月《金門文藝》創刊號

為走過的留下痕跡

——陳長慶《日落馬山》讀後

謝輝煌

《日落馬山》是陳長慶的第九部長篇小說。這個標題，很能使「老金門」浮起一幅幅悲壯又蒼涼的畫面。因為，在過去的半個世紀裡，發生在馬山的故事太多了；有感慨悲歌的，有溫馨感人的，有月白風輕的，有煙硝彈雨的，還有民國六十八年五月間，一位國軍的明星連長林正義，自馬山據點泅向對岸投誠的「壯舉」，搞得整個金門七葷八素，雞犬不寧，連累當地所有的籃排球和漂浮器具都關了禁閉。職是之友，我便在這些方面來猜想這部小說的內容。

不過，這個標題也使我一怔。因為，不久前才聽過一位曾任職警總的文友講的故事，說是當年曾有人寫了一篇〈陽明山的落日〉，害得他忙翻了天。後來，他對那位作者說：「寫其他任何地方的落日都行，就是不要寫陽明山的落日。」因此，我對本書的內容又有另一番猜謎。然當讀完了這篇小說，才知又猜錯了。

原來，作者還是繞著為金門歷史作見證的使命軸心，從他最熟悉的太武山谷出發，卻另闢蹊徑，為發生在三十多年前的幾個老兵與女人的特殊事件，以及和他職務有關的特約茶室（軍樂園）的種種，留下一記記刻痕。設計上，則是以同時擁有三個女友的「陳大哥」的愛情故事做為載體，適當地把那些關乎人性的特殊事件，一一呈現在讀者面前，共話當年。為怕讀者迷失於書中羅曼蒂克的花叢，而忽略了他所要表現的主題，特在〈後記〉中把幾個特殊事件拈出，做為「點睛」。雖然，書中對那些事件的著墨不多，但是筆筆都像李香君那把「桃花扇」上的血痕，代表生活在那個時空背景下的軍民的苦悶與吶喊。現在就先來瞧瞧那幾個特殊事件的簡寫鏡頭：

第一件，出現在第五章。一位老士官在安岐機動特約茶室和一個侍應生吵架，女的怪男的空磨了二十幾分鐘，耽誤了她的「生意」，便把男的趕下床。男的心有不甘，倒罵女的不肯用點「功夫」。女的氣得大罵「下流，不要臉！」男的就吼叫著：「老子不拿槍幹掉妳才怪！」而茶室的管理員「竟在人群中看熱鬧」。

第二件，出現在第九章。王班長鍾愛山外茶室一名侍應生，五六年來，在女的身上花了不少錢，還借了一萬元給她寄給台灣的母親醫病。王班長向她求婚，她用「以後慢慢再說」來推拖。王班長不慎染上梅毒，心情不好。女的要他戴保險套，他不但不肯，反罵她變了心，除了不再買她的票外，更不時逼她還錢。女的一時還不出，王班長就罵她是騙情騙錢的騙子，誓言要給她好看。結果，「好看」的事就真的發生了。王班長用手鎗先斃了女的，再自殺。

第三件，出現在第九章。一個曾在金城總室服務過的沈姓侍應生，產下一女後從良，嫁給一位定居金門的榮民。榮民過世後，沈氏為了生活，便在家裡接起客來。女兒長大後，又教女兒也接客。經民間檢舉，金防部就施出鐵腕進行取締。為兼顧她們母女的生計，經過協調，沈氏就讓女兒到金城總室軍官部去當侍應生，自己則閉門謝客。

第四件，出現在六、七兩章。金防部為解決無眷公教員工的「性」需求，特指示政五組研擬其可行性。負責該項業務的「陳大哥」，便擬訂了一個詳細的辦法，並奉准在金城總室附設一個「社會部」。試辦不久，便遭到民間的強烈反對，且在眾多的陳情案件中，發現一個叫「矮豬」的肉商，利用茶室管理幹部的關係，先後喬裝軍公教人員前往尋歡，並把侍應生帶回家，鬧出嚴重的家庭糾紛。由於各方壓力太大，只好撤銷「社會部」。

第五件，出現在十六、十七兩章。被譽為「馬山之鶯」的准尉播音員黃鶯，和「陳大哥」情投意合，在古寧頭播音站服務時，被該站一個即將退役的老中尉電機官孫某糾纏著，黃鶯如果不答應嫁給他，他就要殺掉黃鶯。上級知道後，為防患未然，特將黃鶯調回馬山站。春節放假，「陳大哥」去接黃鶯一同回家鄉玩，不意遇見孫某正糾纏著黃鶯。孫某一見情敵「陳大哥」，便惡言相向，雙方遂發生肢體衝突，孫某拔鎗示威，黃鶯急得向孫某求情。正當黃鶯以身護著「陳大哥」，一顆子彈誤殺了黃鶯，接著又一聲鎗響，孫某了結了自己。

以上事件，都與情色有關，若發生在台灣，只算是「小事」。然因發生在「以軍領政」及民風淳厚，又號稱是「三民主義模範縣」的「聖島」金門，事情就「大條」了。但為免影響「聖島」及軍方的聲譽，這些案件，照例都不公開。此外，特約茶室的設置與運作，也都被蒙上一層神秘面紗。久之，外面就有不實的傳言。那些傳言聽在當年曾承辦該項業務的陳長慶的耳朵裡，他當然無法沉默。因此，便化身為「陳大哥」，並在小說第五章裡，借藝工隊員王蘭芬的嘴巴，把兩個重要的傳言提了出來，即：「聽說這些侍應生，都是犯過法的囚犯，被遣送到金門來從事這種工作？」和「她們為什麼願意到這裡來，是否有逼良為娼的情事呢？」「陳大哥」一聽，便斬釘截鐵的回答說：「沒有這回事。」接著，他就把特約茶室設立的法源及營運與管理、侍應生的召募過程與入出境手續、侍應生在服務期間的職業安全與醫衛生育的照顧、以及她們願到金門戰地來謀生的原因，作了一次詳細的說明，以期「謠言止於智者」。這等於是替官方舉行了一次記者招待會。

至於那兩則傳言的起因，王蘭芬沒有再追問，「陳大哥」也就略而不提了。但是，無風不起浪，事出必有因。起因恐怕就在沈氏母女開私娼的案子裡。因為，當時在現場的目擊者，只知沈氏為台灣人，又是榮民眷屬，來金門做了侍應生。事發後，官方動員了武裝憲警，監察官及地方幹部，由上校組長領軍，浩浩蕩蕩，前往取締，與沈氏對陣。沈氏在民不勝官的弱勢下被迫就範，女兒就被送進了特約茶室。這樣的表象經過演繹和繪聲繪影的傳播，就變成了「侍應生是台灣的女囚犯」及「逼良為娼」的「事證」，被後來某些人用來做文章，以達其醜化官方的目的，如此而已。作者不做正面的辯解，只把底細攤開在陽光下，讓傳言去「見光死」，倒也是個上策。

總歸一句，這五樁特殊事件的「解密」，正是作者的創作設計目的之一。

其次，有人的地方就有人性中的「性」的問題。惟在我們的文化中是忌諱談「性」的，尤其是幾十年前的金門，仍是個謹守「非禮勿視，非禮勿聽，非禮勿言，非禮勿動」的禮教社會。但是，軍方卻在「朱子祠」的附近搞起「軍樂園」來了，其後，並發展成「連鎖店」。而那些「野草閒花」，不但經常出入民間的公共場所，甚至還勾走了一些在地男子的魂，製造了家庭糾紛。這對金門的民風而言，當然是一種嚴重的挑戰與破壞，但因百姓處在戒嚴的軍管時期，而軍方也確實在用血肉汗水保衛並建設金門，百姓只好忍諒了。可是，當「社會部」推出後，接著又有沈氏母女的私娼（均屬事實），他們就不能再忍諒了，因而高舉抗議的大旗，逼得軍方不得不分別予以撤銷與取締。

偏偏，承辦那些業務的就是在地的「陳大哥」，他處在那個矛盾衝突中，角色非常尷尬，因而有「人在江湖，身不由己」（第九章）的喟嘆。不過，他秉持的「人性觀點」則隨處可見。例如：當他奉命籌設「安岐機動茶室」時，他想到的是官兵們為了國防民生，「不眠不休，日夜趕工的辛勞」，以及「官兵性的需求」。他開辦「社會部」時，想的也是「為解決無眷公教員工之性需求」，因為他們「大多數是從軍中退役轉任的老芋仔」。他在安岐排解完老士官和侍應生的糾紛，目送老士官離去時，他「心裡卻有一份無名的愧疚感」，且想到那位老士官「先前他是懷抱著滿懷的喜悅和興奮走進茶室的，而此時猶如一個孤單的老人，在黃昏暮色裡踽踽獨行。他將走向何處？許是沒有親情溫暖的軍營。」而當「社會部」結束後，他說：「若依價值觀來認定，是得不是失；但若依人性的觀點而言，對那些無眷的公教員工則有失公平。」又說：「許多人經不起長期的性壓抑，一旦到了某一個年齡，會變得怪裡怪氣，甚至有戀童的癖好或變態的傾向，替社會製造許多問題。」山外茶室發生事故後，他對某些侍應生「以感情做幌子，以生命做賭注，以為那些老士官成家心切，善良好欺，想盡各種辦法和手段，詐取他們數年來省吃儉用積聚的革命錢財」的事提出警告。而在馬山事件發生的前後，他分別對孫某及自己提出了看法和檢討：「如以人性的觀點，這種人值得同情」；「如果那天我能理性地跟那個老北貢溝通，好言相勸，事情或許會有將圜的餘地」等，可說在在都是人性的關懷。

不僅對老兵如此，他對侍應生也有生活面的人性關懷。他不止一次地提醒著：「人世間並沒有天生的妓女」，「每位侍應生的背後，都有一個感人的故事」。他讓沈氏站出來訴苦：「不做這種事，我們母女能做什麼？誰給我們飯吃？誰給我們飯吃？」尤有進者，他還借安岐事件說出「其實這些侍應生也是蠻可憐的，為了要多賺幾文錢寄回台灣養家活口，來到這個炮火下的戰地出賣靈肉討生活，有時情緒較不穩定，的確需要客人的包容和同情」的話，更是令人動容。所以，王蘭芬也讚美「陳大哥」「有一副菩薩心腸」（第五章）。

總之，這些「菩薩心腸」的人性關懷，雖是作者的潛意識的反射，但在某種程度上，似乎也代表了金門絕大多數百姓對「軍樂園」的忍諒心態，自然也是作者創作目的的一部分。

在前面五個特殊事件中，唯一與特約茶室無直接關連的，就是馬山情殺事件。雖然，表面看來錯在那個年老而自作多情，且又不能自我克制，也不知情為何物的孫某。然其禍根，一是政府退守海島後，不希望官兵有拖家帶眷之累，以免影響大軍的反攻行動，便祭出「戡亂時期陸海空軍人婚姻條例」，大肆告誡官兵：「未滿二十八歲不得結婚」，使不少官兵坐失黃金年華期中的結婚機會（女方願意，男方不敢，或乾追女孩，愛而不戀）。二是政府的「窮兵富將」觀念太深，認為官兵有錢就怕死。因為待遇低，使得不少在年齡上合格，而月薪不及縫衣女工三天工資的少校以下官兵，面對美嬌望洋興嘆（民國四十六年，少校月薪九十元，而女縫工月入千元以上，上尉以下官兵，更甭提了）。三是自最高統帥到各級將領，只要求官兵「能征慣戰打勝仗」，腦海裡沒有官兵的「性」問題。因此，縱有「強姦者死」的軍律，仍有「寧願花下死」的「勇士」（據說，金門也曾發生過）。另外，因進出娼寮而患性病有之，自宮者亦有之（據說是中了《聖經》中「那裡痛苦就把那裡割掉」的毒）。

以上三者，造成多少官兵失婚之痛！直到今天，還有老兵一談起那檔子事就生氣，一氣就破口大罵：「毛澤東殺了我的爹娘，蔣中正害死了我的子孫！」

罵話聽來很刺耳，但絕非下級官兵如此。前空降特戰司令廖明哲將軍在《了了人生》中寫道：「就拿我們同輩（按軍校十七期）前後幾年的軍官說：待遇菲薄，不足以養父母、妻兒。縱使家中父母拿錢來娶妻養子，有些部隊自設門檻，不當連長不准結婚，我輩身處抗戰戡亂兩大戰爭時期，還要喊出違心之論——日寇（共匪）未滅，何以為家！就是這些因素，使多少軍人絕子絕孫，使多少軍人抱憾終身，使多少軍人患花柳病。今日在台灣的老官、老兵中，不少是這個（性）問題所製造的被害者。」他又譴責「革命軍無安置家眷的整體計劃，國軍無完善解決在營官兵的性的問題。」他還談到抗戰期中一則傳聞：美國人華萊士到西安，問胡宗南將軍：「你麾下眾多的官兵，他們的性慾是如何解決的？」胡宗南笑笑的說：「我們是靠跑步來解決。」

準此，不能不同情馬山事件中那個孫某的下場。因為他是人，而是個接受過「不孝有三，無後為大」的禮教洗禮的人。但是他窮，希望在退役前結婚、生子，為他們爭取到一份撐不死的眷糧，減輕一點負擔。只是，他找錯了對象。也許，是黃鶯前輩子欠了他一筆債，上天要她在這輩子用生命來償還孫某吧？但無論如何，這是一個不該發生在金門卻又發生在金門的時代悲劇。作者說：「但凡走過的勢必留下痕跡。」（第十三章）所以，作者就留下了這個「痕跡」，供人去憑弔。

回頭看看特約茶室，那當然是金門島上的一個特殊景觀。作者對那個景觀，是透過「陳大哥」向王蘭芬以「簡報」方式來介紹的（詳見第五章）。但金門的第一個「軍樂園」是怎麼來的？包括胡璉將軍的遺著在內的許多文字資料中，不見隻字提及。許是「軍樂園」與「淫」字有關，不宜登大雅之堂而恥於記述吧？其實，我國在唐朝時已有「營妓」（詳辭書「營妓」條），惟不見於正史而已。王翰「醉臥沙場君莫笑」中的「醉」字裡，可能就有「營妓」，而不光是葡萄美酒吧？其次，日本有「慰安婦」（在境外）、美軍在境外為當地的酒家。至於他們在本國時，有錢又有休假，不必「用跑步來解決」問題。但是，國民革命軍不但沒有「營妓」，連營區也是個「沒有女人的地方」。此外，沒有週末，禮拜天還要檢查環境、內務或戰技競賽。代代相沿成習，到退守海隅的頭幾年，仍是弦不更張。可想而知，胡璉將軍初到金門時，應是不會去思考官兵的「性」事。即使想到了，雖非沿用「跑步」來解決，但白天的做工、訓練，晚上的讀書，也可讓官兵無暇去「心猿意馬」，決不會（敢）向層峰提出官兵的「性需求」。然而，金門的「軍樂園」卻又是在他手上「創」設的，這不很奇怪嗎？然從另一個面向去探索，似又可以推演出一個合理的解釋，那就是與「美軍顧問團」有關。

「美軍顧問團」成立於民國四十年五月一日，金防部有個顧問組。美軍重視官兵的「性需求」，應會像華萊士一樣，用同樣的問題請教胡璉將軍，然後再向國防部或最高當局建議「解決之道」。剛好，當時的陸軍總司令孫立人將軍，係顧問團長蔡斯的同學（維吉尼亞軍校）。那時，蔣總統外要借重蔡斯獲得軍援，內要倚重孫將軍來整軍經武。顧問團的建議，加上孫將軍的敲邊鼓，或許正是那年秋末冬初在金門試辦「軍樂園」的背景，否則，革命軍很難打破「用跑步來解決」官兵「性需求」的迷思，而就時間上觀察，兩者也不會純是一種巧合吧？

「軍樂園」開張後，各部隊為鼓勵官兵去「一樂」，多以挑撥、慫恿的方式來刺激與趣並降低羞愧的心理。有的更以放特別假的誘因來刺激「軍樂園」的「景氣」。可憐一般官兵的待遇太差，上兵一個月的薪餉還不夠去一次。不過，有錢的官兵還是有（從家裡帶來的金子或外快），不致讓「軍樂園」門可羅雀。

大概是由於試辦的成效「良好」（減少了軍民間的感情糾紛），同時，海空軍在各基地附近，早已有「俱樂部」（海空軍待遇普遍比陸軍高），同時，台灣民間的「花茶室」如雨後春筍，不僅林立於市區，且已進攻到各營區附近，產生了不少新的糾紛（主要來自「軍中太保」），並有「洩密」之虞。然而，「軍樂園」是三軍官兵的「福利」之一，歸總政治部所管，可能是為了讓官兵有個「正大光明」的休閒處所，且無洩密及營外違紀顧慮（侍應生由政四及警政單依調查合格，茶室由駐軍督管），不僅金門的「軍樂園」有了「分店」，台灣各地也相繼成立。有的設在市區，有的位於小鎮邊緣。地方政府有致贈傢俱的，也有縣太爺送鏡屏，且風雅一番的。如屏東縣長就送過一塊鏡屏，泥金紅紙上，寫著：「點點青，滴滴紅。青紅意相映，點滴兒女情。長年細柳營中草，一度春風吹又生。」。該茶室裡還有副對聯：「一雙玉臂千人枕，半點朱唇萬客嚐」。較烈嶼青歧茶室的「金門廈門門對門，大炮小炮炮打炮」（見第三章）更有些詩味，但不通俗。

可能是「軍中樂園」太顯眼，並防止有「樂不思蜀」的負面聯想，同時有意和民間的「花茶室」作一區隔，「特約茶室」的招牌就出現了，大多也增設了「飲茶部」，有的並設有撞球檯，僱有記分小姐（金門除了金城總室與山外茶室設有福利社外，其他分室則沒有。其經營方式並非茶室直營，而是採取外包，營業項目有：百貨、撞球、冰果等）。官兵可在裡面喝茶、聊天、嗑瓜子、打百分、玩橋牌、下棋、會友、撞球，或買完票就走。惟久而久之，總有不少「常客」來報到，侍應生也來飲茶部和「老朋友」聊天或打情罵俏，投懷送抱既不必給小費，也不一定要「進房間」，倒真是光桿們打發時光的好地方，但也有因此而種下愛苗的。由此可知，「軍樂園」不是金門的「特產」（電視中說的）而只能說金門是「軍樂園」的發祥地。惟「軍樂園」在台灣的生命不長（特種部隊專用的例外），原因是民間的私娼有降價及贈香煙活動。然無論如何，「軍樂園」對金門而言，是一種無可奈何的傷痛，作者不能不為它「立碑」。但因只點到為止，特作上述的補充。

言歸正傳，這個一男三女的「四角戀愛」，男主角即金門本土的「陳大哥」，他是金防部政五組的聘員，是福利站的經理兼辦防區官兵福利業務，無官而有「權」，精明又能幹，「有學問」卻「沒有把愛情這門學問搞通」。三位女主角，一為祖籍四川，從小就沒爹沒娘，由育幼院撫養長大。高中畢業後，考入國軍心戰總隊，志願上金門前線擔任心戰喊話的播音工作，被金防部政戰主任譽為「馬山之鶯」的黃鶯准尉。一為籍貫台灣，活潑多情，以〈一朵小花〉享譽前線，愛和政五組的參謀和「陳大哥」鬧笑，且想去參觀特約茶室，而被「陳大哥」以「三八」取笑，卻屬意「陳大哥」並不顧一切的「狼吻」了「陳大哥」的藝工隊員王蘭芬。另一為家住古寧頭，老成持重，個性溫和，待人誠懇，幹起活來能粗能細，具有賢妻良母傳統典型，襄助「陳大哥」處理會計事務，並被「陳大哥」授權代決一般事務的李小姐。這三個女生，以「陳大哥」為「經」，自己各為一種「緯」，如金梭織錦般相互交叉，織出了一幕幕的離合聚散乃至死別，以及鶯嗔燕妒，機帶雙敲的輕鬆畫面。然後，繫鈴人翻作解鈴人，李小姐生氣辭職回家，王蘭芬期滿失望返台，剩下個「馬山之鶯」讓「陳大哥」有「雲破月來花弄影」的竊喜。無奈造化弄人，黃鶯遇到了凶神惡煞，做了「陳大哥」的代罪羔羊，魂歸離恨，成全了李小姐重回太武山谷，回到了和「陳大哥」亦友亦愛亦同事的原點。至於「以後呢？」作者就留給讀者去馳騁了。

雖然，前文說過，作者「是以愛情故事做為載體」，載了一些史蹟到讀者面前。惟那些愛情故事的本身，還是有其「附加價值」，只是隱顯不同而已。

就隱的一面來說，「三鳳」使人想起徐訏的《星星．月亮．太陽》。孤苦的黃鶯是「寒星」；明麗的李小姐是「月亮」；熱情如火、光芒四射的王蘭芬是「太陽」。用這幅圖景疊影到她們的籍貫上去（注意，是三十多年前的現實）便呈現出另一幅圖景，即：「陳大哥」愛大陸的黃鶯，無奈只剩下一縷芳魂；台灣的王蘭芬愛「陳大哥」，卻是能愛就愛，萬一不能愛就丟，另謀出路；本土的李小姐和「陳大哥」，可以共事，可以友，也可以愛，永遠是可以相互信賴、依靠、扶持的好伴侶，且看第十三章中李小姐的分析和忠告：「坦白說，黃鶯和王蘭芬雖然是兩個不同典型的女孩，但都有一顆善良的心，以及一張標緻而人見人愛的臉孔……但站在朋友的立場，有一點我不得不提醒你，黃鶯她願意留在金門嗎？王蘭芬的活潑外向，是否適合在地生活？這些都是值得你深思熟慮的。別見到漂亮的女孩都是寶，以後吃虧的是你自己。」此中的「醋味」，不也是一針見血的點破了金門處在兩岸政治現實夾縫中的現實問題嗎？

其次，「日落馬山」這幅圖景也是個意象。作者在「尾聲」裡說：「誰該為這段歷史負責？或許是這場兄弟相持的戰爭吧？」點明了小說中所有的悲劇，都是由於兩岸的兵戎相見。而自兩岸解禁開放後，馬山播音站外，那象徵敵對的大喇叭，就像那輪夕陽，無聲地沉下去了。雖然，「陳大哥」在第十章中說了句「黃鶯在小金門，馬山早已日落」，但那是因為李小姐說了些醋味很濃的嘲諷，他才用這句氣話來回答，並作一種情節的暗示。真正的「日落馬山」的絃外之音，是「日落馬山後，月上柳梢時」的期盼，亦即解嚴後金門人的心聲。

就顯的一面來說，則是沿著故事情節的腳步，次第暴露了軍方及特約茶室中，一些幹部的低能與不法，以及低級的「軍中文化」。例如：山外茶室事件，「矮豬」冒充身份嫖妓事件，以及沈氏母女開私娼事件，現場都有「大官」，然都是「陳大哥」出面擺平。沈氏心服口服的說：「你這位年輕人說得還有點道理。」組長誇讚他「有一套」，監察官說「你比我行」。陸總年度視察（見第十五章），視察官對「陳大哥」的頂頭上司組長說：「中校福利官還不如一位聘員。」在在都針刺著「官大學問大」的迷思。再如，后宅茶室管理主任黃成武，雖然「後台」很硬，卻是侍應生嘴裡的「爛主任」，惡行一大堆（詳見第三章）。安岐茶室發生吵架風波，那個管理員「竟站在人群中看熱鬧」。金城總室的劉經理，跟后宅的黃成武一樣，也是「一祟玩到天亮」，被侍應生當面臭罵他「不要臉」。而在「矮豬」的案件中，金城總室的售票員和小徑茶室的管理員，都有操守上的問題。而以前承辦茶室業務的參謀，也因在操守上「有嚴重的瑕疵」而遭調（停）職處分（見第六章）。此外，某副主任的駕駛王班長，也懂得「狗仗人勢」的哲學，把侍應生帶到辦公室來，要求「老小子」「陳大哥」趕快替他的「愛人」辦理出境手續，以便返台奔喪。這些「目睹之怪現象」，不僅軍中和特約茶室常有，就連某些大機關裡也有。惟「陳大哥」卻能把那些知法犯法的茶室幹部解僱，又把仗勢欺人的大官駕駛治理得像條夾著尾巴的狗。雖然，表面看是「拍了幾隻蒼蠅」意境上卻是「打了幾隻老虎」。這不比某些大秘書長、或內廷高官更有風骨？誰說，沒有「出身」的人就沒有「學問」呢？

還有一事值得一提，那就是作者對愛情的觀點。他借「陳大哥」的口，對王蘭芬說過兩次的「愛妳就不能害妳」的話。同時，把「陳大哥」塑造成一個「發乎情，止乎禮義」（〈詩大序〉）的現代「魯男子」，儘管王蘭芬「狼吻」了「陳大哥」，甚至盼望「陳大哥」替她「解帶」，而「陳大哥」仍可堅守最後的防線，未成滅頂的愛情俘虜，也就沒有「一入情關出更難」的痛苦後果。以此「愛她就不能害她」的標準，來比較山外和馬山兩個事件中的男方，便知正確的愛情觀念之重要了。如果，今天的社會能重視這種禮教，並能「父以教子，師以教弟，長官以教屬僚，將帥以教士兵」，則整個社會一定比現在祥和許多。再者，男女間的情事，雖說非常微妙，如果大家都能了悟「各有因緣莫羨人」的妙諦，或者具有王蘭芬的智慧：「如果你答應要娶我，我就留在金門……如果你不要我，我就回台灣進修，重新再出發。」（第十四章）便不會有山外和馬山那樣血淋淋的事件了。雖然，作者沒有在小說中安排這樣的論述，但從故事所呈現的圖象中，細心的讀者是不難摸到作者的用心的。

總之，《日落馬山》展示了一個悲劇時代的一角，是金門的痛，也是一個國家的痛。陳長慶只是在執行那句「但凡走過的勢必留下痕跡」的真言而已。至於那些「痕跡」是否就此走入歷史，還是像未斷的病根，隨時都有復發的可能？那就不是一個小說家所能預料得到的了。不過，金門人不願金門再做兩岸鬥爭中的殺戮戰場，似已形成共識了。那麼，「日落馬山」就讓它「日落馬山」吧。明天的太陽不是今天的太陽，而今晚的月亮確實比昨晚的月亮要清明得多。至少，沒有如浮雲、冰雹般的硝煙彈雨遮蔽太武山上的天空。金門人所企求的，不過是這點美景而已，陳長慶只是做了一個忠實的代言人罷了。

原載二〇〇五年元月二—七日《浯江副刊》

探討〈再見　海南島〉的寫實性、懸疑性和道德觀

白翎

0 另類思維

評論陳長慶的小說，這已是第四篇了——嚴格說來，是第三又四分之一篇——因為第一篇是刊在《金門文藝》第三期的〈談第二期的小說〉，一共評了四篇，他的〈整〉只是其中之一；第二篇是刊在《金門文藝》第五期的〈評介《寄給異鄉的女孩》——兼談文藝創作的幾個小觀點〉，後來經過改寫、修正了小部分觀點與用語，副題變更為〈兼談幾個文藝小說觀點〉，重刊於民國六十八年五月十至十二日的金門日報正氣副刊「論壇」專欄；第三篇則是前不久刊於金門日報浯江副刊的〈從《螢》的書中人物探討陳長慶的悲劇情結〉。

鑑於〈再見，海南島　海南島，再見〉（以下簡稱「海」）是他闊別金門文壇廿餘年的重現江湖的第一篇小說，並且引起舊雨新知的熱烈回響——楊樹清從加拿大傳真回來的「明月幾時有」、旅台故鄉人的來函，以及舊日文友們的面讚、電譽，所引發的連鎖關懷，說是一陣小騷動，實不為過——特嘗試以不同的角度，談談這篇有點特別又不算太特別的馮婦力作。

其次是寄自臺灣的故鄉人李姓讀者，在稱譽之餘，兼問及「海」的故事情節是小說？或是實情？當然，有資格回答這個問題的只有作者本人而已。筆者實在不能更不必硬淌這渾水；但是基於在評《螢》的時候，曾提及作者的悲劇是寫實的「錄影重現」及「他的小說幾乎有傳記的高傳真感」等語；雖然也同時提及「他筆下的人物情節，多是他眼中所見、耳中所聞、心中所思、夢中所幻（有意遺漏「親身所歷」四個字）」、「有的朋友或許會認為他寫的是他自己、或是身遭的某一個人」，唯恐少數讀者未及明辨（不求甚解？），所以必須再一次提示。

文學的表現手法千萬種，每一位作者都會選擇最有利的方式，來表達自己的內心世界；同樣的，文學批評的角度也有百十種，自然也是「各有所長，各取所需」了。筆者比較喜歡從小說的精神面去挖掘，透過深入的分析、大膽的假設、合理的歸納，有時也會提出一些未必是評論原作的個人意見：如果能因此而發掘出作者的意識寶庫，固所願也；退而求其次，也可以代表著另一種不同方向的思維歷程，提供另一類不同的想像空間，大概也不致有礙原作吧。

1 感動就好！

一直到執筆走文的現在，筆者仍然沒有改變作者的作品具有高度「寫實性」的說法。試想，去年夏季的一趟海南島觀光之旅，返金後，生產了「海」這個囝仔；今年夏天的故國河山觀光之旅，生產了他平生的第二首詩作——〈走過天安門廣場〉、以及描寫長江三峽的〈江水悠悠江水長〉、在廈門大學校園內追憶的〈棕櫚青青致魯迅〉（在如此冗長曲折的管制的單行道上，不知「他」神曉否？）兩篇散文。如此在時間、地點上的實質關聯，除了為他的「寫實性」提供佐證外，倒令人有點他的「觀光團費」沒有白花的感覺！

回顧作者所出版的兩本書——《寄給異鄉的女孩》文集、長篇小說《螢》——以及復出後所發表的小說「海」、「新市里札記」系列：不但有共同的特徵——其中的時間、空間背景和他的生活環境高度相關，密不可分外；光是人物的姓名，也都相似地緊，不知是他懶得為書中人物命名，或者他的小說人物根本就是「大國協」的同一系列！如果說，有人認為陳長慶在寫他自己，那也是得自他作品的印象：不論是他的有意的暗示，或是無意的巧合，大致上的源頭還是他自己。

至於他小說中的人物、情節，是否是實情？作者真的在海南島遇到了王麗美嗎？我們當然不知道，但以常理而言，可能是否定的。如果我們要說「海」中「白髮蒼蒼的小老頭」的陳先生，就是作者本人，與實際上是有差異的——「海」中的陳先生是一個孤零零的小老頭，現實生活的他有一個美滿的家庭；如果硬要說是半真半假，那麼，真真假假，假假真真，看小說的人，何必這般的累？如此的自尋煩惱呢？輕輕鬆鬆地享受文藝，好好地被書中人物、情節感動一番，不也是滿愜意的嘛；如果我們一直的關懷、追問下去，有朝一日「三人成虎」，讓現實的陳夫人也跟著一起置疑，那豈不是要導演一場清官也難斷的「家務官司」了嗎？

何況，「小說」本來就是「飯後茶餘，小小的說一說」罷了。

小說創作的欣賞，也應著重在他所表達的意念，文字背後的深一層內涵。

如果說，小說的人物、情節必須是實情；那麼，職業作家豈不就難以為繼，無以為炊了嗎？君不見那些大作家們，不都是在他們大作的前言、後記中，明言在表現某些階層的人生、探討某些人類的內心世界嗎？那裡是他們的真實輕驗？曾經有人為表現舞女人生而下海，但是，寫過舞女生涯的作家，他們都下過海嗎？有人為探討人言中的黑獄而蹲監，但是，描述死刑犯心路歷程的作家，難道他們真的身體力行地去犯法嗎？真的是遊過鬼門關死去活來嗎？

「海海人生，感動就好！」

2 留點自主空間

一篇小說能引起讀者的好奇，不但關心書中人物的結局，內容情節的真實程度，更以信函相詢；對作者而言，是一件值得安慰的事。至少是該小說已具有相當程度的懸疑性了；固然，能吊讀者的胃口，尚不能就說是好或成功的作品，至少在讀者的共鳴方面，還是應該給予肯定的。

「海」的懸疑性安排，可說是有頭有尾：

開頭那場酒店總經理王麗美在酒席上的那一席話，就充滿了懸疑，只是底牌很快地就揭開了；同時陳先生的記憶也真的是老化了，如果說麗美女兒的名字是陳先生為她取的，那麼，在酒店門口看到的「海麗酒店」四個金色大字時，是不是就會心有所感了呢？至於當酒店總經理致詞時，我們的陳先生又是陳長慶版地一貫的「自卑」地「不容許我多看她一眼」，或許這正是陳長慶版的一貫作風。

陳先生和女總經理的過去是次一個懸疑團，作者用了第二節到第七節的全部，幾乎是全篇的一半篇幅，來回憶過去，交代故事情節的來龍去脈。從發現一個花魁榜首，和她的文學愛好，次以神女罹患性病，探病後的交往生情愫，再受了恩客無意中留種，海麗的出世成長，又為了海麗而更換環境，魚雁往來七十五信而終告斷息；在這連續的補白當中，作者是掌握了小說的特性，不斷地製造高潮，給予讀者意猶未盡的感覺，也掌握住讀者「欲知發展如何」的好奇性，帶動著讀者的情緒，繼續引導讀者去「且聽下回分解」，作者在這方面所安排的劇情張力，是突顯出「寶刀未老」的功力。

一場莫名的高燒，只是為了製造陳先生脫離觀光團的藉口，以便繼續在介紹海南島風光後，安排劇情發展；只是，作者在結尾時，故意留下一個更大的懸疑團，讓讀者自己去想像與發揮。據說，這是近年來的小說，最常用的一種結局方式：留給讀者一個「自主空間」。

至於王麗美為陳先生所安排的：八月八日離開海南島途經香港、臺北轉機返回金門；九月廿九日約定在香港再相逢的這兩個日子，是否另有玄機？就看讀者的聯想啦！

臨別海南島的當天（八月八日），王麗美的女兒海麗送給孤零零的陳先生乙份禮物，還說什麼「陳叔叔，祝您父親節快樂。」孤零零的陳叔叔是那一位的父親呀！這到底是作者的疏忽？還是作者為後續發展所做的暗示呢？聰明的讀者，你應該知道的。

離開時，說聲「海南島，再見」；未來是否會「再見，海南島」呢？作者是「不告訴你！」。但是，聰明的讀者們，別忘了，王麗美安排的九月廿九日再相逢。九月廿九日，九二九，久而久；再相逢九二九！讀者們，你是聰明的，還是「滿頭霧水」呢？至少，我明白了，這就叫做「自主空間」啊！

3 老夫子式的愛情道德

在陳長慶的小說中，題材和軍中特約茶室，（即軍中公娼，現已廢除）有關的只有收錄在《寄給異鄉的女孩》中的〈祭〉和這篇「海」。

〈祭〉中的佩珊和「海」中的王麗美有很多相似的地方：她們都是特約茶室的侍應生、票房記錄最好的花魁、意外懷了不知那位恩客的種、生下一位美麗的女兒；至於下海的緣由，佩珊只用一句「十六歲以前是幸福的，十六歲以後是不幸的」帶過；王麗美則有較詳細的描述：爺爺是海南島望族、高中畢業、父去世、母改嫁、弟幼小。女主角最後的結局，大有南轅北轍的迥異：〈祭〉裡悲觀厭世的佩姍夜裡喝了醫用碘酒自殺，把五歲的女兒——惠貞寄托予幹事；「海」裡幹練精明的王麗美則回到海南島繼承了祖父的產業，和女兒——海麗共同經營一家即將晉為四星級的觀光酒店。

兩篇小說都是採用第一人稱的方式，說出女主角的悲情世界：〈祭〉中的「我」是特約茶室的幹事，是直接生活在侍應生日子裡的特約茶室管理員；「海」中的「我」則是防區福利站經理，是特約茶室的上級長官。前者在佩姍自殺的次月，帶著惠貞在寧靜的許白灣墾田、種菜、養雞鴨，十二年後，帶著惠貞祭墳時在回溯往事；後者是在與麗美失去聯絡的次年，辭去工作，擺書攤，賣書報雜誌去了（難怪有人以為開書店的陳長慶又在寫他自己呢！看你如何辯白？）。如此也該天下本無事了，偏偏就要無事生非，廿年來搞個什麼海南之旅，又是無巧不成書地在他鄉遇故知，攪得欲罷不能，不知如何善後，恐怕只有落個白髮更稀疏了吧！

作者在兩篇小說中的「我」，始終保持極高的道德性：在〈祭〉裡被佩珊譬為「人性的象徵」，有別於歷任幹事兼具人性與獸性的雙重性格（小心有人要綁白布條抗議了！），為了撫育侍應生的孤女，還要遠離那個不良的環境，去墾田、種菜、養雞鴨，教養她長大成人，不但證實了佩珊沒有看錯人，更可看出作者賦予作品極高的道德使命感；在「海」裡，作者很強調與麗美間那份對文學的同好，十足表明是一場「文學緣份」。在與麗美的交往中，「我」也曾對「侍應生」的頭銜，顯露出世俗的投鼠之忌，那種「愛吃假歲利」的猶豫不決，雖然是被愛情的外衣掩蓋了，卻也有矯枉過正的顧忌，而愈發有「君子之風」了。即使是海南重逢的愉悅，在數日的暗室相處中，仍然沒有絲毫激情的描述，可見「我」是「古典」地有點「古錐」了！在陳長慶的小說裡，戀愛中的男女都是中規中矩，總是「發乎情，止乎禮」的，甚至有時會為了家庭和諧的道德口號，而主動放棄愛情的，這種「上流社會」的「老夫子」式的愛情，和他批判社會問題時的尖銳鋒利，成為極其強烈的對比，這也正是陳長慶的可愛之處。

0 另類思維

「沒有結局，就是最好的結局。」「海」的故事在作者有意無意間，留給讀者更寬闊的空間，做更富伸縮性的想像，應該可以滿足更多的讀者。但是，做為一個文藝的愛好者，希望能以更多的心思，去體會小說深沉的內涵、複雜的背景、表達的技巧、或者美好的景物，才能在作品中得到更多的愉悅。

原載一九九六年十一月廿五日《浯江副刊》

感恩憶故人　髮白思紅粉
——初讀陳長慶的《失去的春天》

白　翎

一、寫實是他的一貫作風

手捧著近十六萬字的《失去的春天》完成稿，紮實的分量感，面對這位金門文壇長青樹，自稱是老年的「老黃忠」、老實說堪稱為快手的白頭翁，我曾打趣地建議：「趕快用快捷郵件，寄一份定稿給書中昔日的『護理官』、如今貴為『護理部主任』的——黃華娟小姐；雖然得花上幾百塊的郵資，但這份『實劍送英雌、傑作贈紅粉』的盛情，肯定讓一直等到現在，仍日夜倚門盼望『良心郎』的『癡情女』，把『來生』的諾言兌現在『今生』；果真如此，《失去的春天》將改寫為《遲來的春天》啦！情節的進一步發展，保證精彩萬分，迷死萬千讀者！」

如是說的目的，是要說明一點：陳長慶一本其寫實的作風，在《失去的春天》一書中——比照他的《寄給異鄉的女孩》三版、《螢》再版、《再見海南島、海南島再見》初版都已印製完成，只待選個吉日良辰上市；肯定《失去的春天》單行本問世的日子，也是指日可待了！說不定此刻已在排版、印製中啦！所以早一步稱「書」，以示本人有「先見之明」——人物絕對是千真萬確的；雖然有些老長官已經走入歷史了，至少除了黃華娟之外，前不久曾為作者的〈再見海南島，海南島再見〉寫讀後的謝輝煌先生，就是書中人物之一：這位中校參謀官，曾為女主角顏琪和黃華娟辦過出境手續，由他們來現身說法，應該比較具有「說服力」的。

在佐證「真人」之餘，或許有人又會「得寸進尺」地問：是否真有「其事」呢？因為茲事體大：這個問題牽涉廣泛，不但有小說的「故事性」，更有現實的「生活性」；就算是二十多年的老友，沒有得到授權，也不能信口開河地「替人作嫁」。不過，為了替讀者導讀，仍然必須提出一些蛛絲馬跡，供大家參考；但是必須鄭重聲明，以下純屬「轉載」，絕對不代表任何立場：

「寫在前面」不屬小說內容，且已在小說之先刊出，讀者可自行品味；「寫在後面」同樣不屬於小說內容，但讀者目前還看不到，我且偷偷抄幾句「很關鍵」的文句，小聲的告訴您，不要讓別人聽到：

「然而，我秉持著對文學的熱衷和良知，不再考量現實環境帶給我的困擾；我留下的不只是一篇小說，也不是交代一個故事，而是尋回一份失去的記憶。」

作者已經預知《失去的春天》，這篇小說將會為他帶來「現實的困擾」，仍然「秉持文學的良知」，要去「尋回失去的記憶」，更讓她公開出世；在作者而言，是「求仁得仁」；我們既不忍心去追究他的「現實困擾」是什麼？又何苦再增添作者更多的「現實困擾」呢？暫且放作者一馬，大夥兒心裡有數，也就夠了！

不過，我曾在作者處聽到一則有趣的消息，忍不住要與讀者們分享，如有「長舌」之處，先行告罪啦！

在作者的〈再見海南島，海南島再見〉刊出後，有位「有心人」為了探究小說的真實性，不遠千里地託人到海南島，尋找小說中四星級的「海麗酒店」；結果呢，找是找到了，只是，同音不同字；這就是陳長慶式的寫實方式！因為作者是在一趟「海南島之旅」過後，寫下〈再見海南島，海南島再見〉這篇小說的！

二、教你如何「腳踏兩條船」？

最根本的基點，《失去的春天》是一篇小說；前言、後記不算！

在陳長慶的小說作品中，絕大多數是以「第一人稱」著筆的。他說：第一人稱的寫法，易於掌握劇情的發展，可以收放自如。我笑他「偷懶」，因為在他的小說中，主角都是他的本家——姓陳的；都是用情專一的「癡心漢」、都是道德「零缺點」的聖人、也都具有與他極端相似的經歷條件；說白一點，根本就是在寫自己嘛！

在寫男女之情時，他筆下的男女主角，往往都是連拉拉手都罕有的純純之愛，這種合乎禮教的「心靈之愛」——頗符合現在「心靈改造」國情的嘛！——所以，在〈再見海南島，海南島再見〉的論評中，我曾戲稱他為「老夫子式的愛情道德」；與他品德無雙的男主角合奏，堪稱他作品的兩大基調。

在《失去的春天》裡，陳長慶走出了他「老夫子式愛情道德」的圈圈、也不再堅持品德「完美無缺」的男主角風格。

到底他如何走出「老夫子式愛情道德」的圈圈？看過了《失去的春天》，你將會感覺到他的成長；但只不過是成長而已，並不表示有什麼激情的演出！成長是一種改變，是漸進式的改變，所以，你不必期待過高。如果以電影「普遍級」、「保護級」、「輔導級」、「限制級」的四級劃分及四級外的「成人級」來說，《失去的春天》只是那種十二歲以上、可以親子同觀的「全家樂」級。看過之後，別說我「故弄玄虛」就行了！

小說中的陳大哥，週旋在具有古典美的「金防部藝工隊」之花的顏琪、與熱情豔麗的

「尚義醫院護理官」的黃華娟之間：前者因有長官的撮合，情投意合之下，不但登堂入室地見了「未來的」公婆，甚至與陳大哥有了「廝守終生」的鴛盟，但為何始終只是「未來式」？後者在他們決心「廝守終生」後才出現，卻能成為一個隱形而有力的「第三者」，竟能與他們兩人，同時維持雙線的情誼與友誼，還想爭取公平競爭的機會？

「愛情」與「友情」是否可以並存，而互不侵犯？男女之間，除了「愛情」，真的沒有純粹的「友情」嗎？這是許多人常產生的疑問，並且想得到答案的。作者在《失去的春天》中，也極力地想證明：「愛情」與「友情」可以並駕齊驅，兼容並包；所以，陳大哥在擁有顏琪的愛情之餘，還想維持與黃華娟的友情；顏琪則不然，在得到陳大哥的海誓山盟之餘，她仍然千方百計地防範黃華娟的介入；至於黃華娟，她又豈能甘心自處於「友情」的次國民待遇，賣力地爭取公平的機會，想把已得到的「友情」，提昇為「愛情」，擺明了一付「未知鹿落誰手」的強勢競爭態勢。

陳大哥能「腳踏兩條船」而「左右逢源」嗎？顏琪能「克敵制勝」而「維持戰果」嗎？黃華娟能「扭轉乾坤」而「後來居上」嗎？就成為《失去的春天》有力的衝突點，也是小說劇情發展的賣點。

從劇情上的安排而言，《失去的春天》頗有指導讀者如何「腳踏兩條船」的味道。陳大哥利用著「友情」的藉口，維持了「愛情」；再藉著「友情」與「愛情」公平相待的謊言，背地裡享受「友情」裡的「愛情」。所以，說作者已不再堅持「絕不負人」的完美品德，讓陳大哥在「溫柔鄉」中，承受著「良心」的不安。在近程和遠程的衝突下，作者把陳大哥那種「腳踏兩條船」的心態，澈底地揭穿在讀者的眼前。

這套「在愛人的面前，強調『友情』，以免因多了一位女友而情海生波；在面對女友時，卻在口頭上強調『給予公平的待遇』，以享受滿懷溫柔。」的「取巧之道」，是作者「腳踏兩條船」的指導綱領。只是運用之妙，存乎一心。

要特別強調的是，陳大哥與兩女之間的描述，是《失去的春天》的主軸，特別是在心理分析方面，頗能看出作者的強烈企圖心，想跳出「說故事」的老套，從心理方面的描述，去提昇這篇小說的位階。這是很值得鼓勵與嘗試的方向，至於是否達到了作者的預期目標，也是有待讀者們一起來公斷的。

三、走出不堪回首的六十年代

《失去的春天》的故事背景，是六十年代的金門，當時還是處在戒嚴的戰地政務時期；對於中年的讀者而言，難免會有刻骨銘心的記憶。故事中的宵禁、出入境管制、落伍的交通工具、急病後送的望海天興嘆，都只是印象中的微小角落；處於那個時代的人們，不過是大時代中，許許多多無名犧牲者之一；如今，既已走出夢魘，我們不必再去追究，那段肯定不會是很「詩情畫意」的往昔，並且要連根拔起，拋至九霄雲外；唯有完全地走出不堪回首的六十年代，未來的日子才能有幸福、才能有希望可言！

看小說的心情，不要像讀歷史；除非你真的要去，擔負那不可負荷之重！

看《失去的春天》，同時也看到了一場「官場現形記」：陳大哥有幸領受長官們的「疼惜」，享受了許多特殊的信任與照顧；更何其幸運碰到了，藉「圓滑」之口，逞「私利偏慾」的「好官」，給予連番的刁難和挫折；在小說中，作者用很簡潔的文字，畫龍點睛地刻畫出這些「好官」的醜陋嘴臉，一如他在《寄給異鄉的女孩》、《螢》兩書中，痛批當年的「三八」婚俗，一般地犀利且一針見血；尤其在那種特殊的體制下，除了一些「朕即法律」的唯我獨尊心態外；更多的業務承辦人，更有如「大法官」地權宜解釋法令，貫徹主觀意識，便宜行事地掌握業務；如今，時序變異，這類人的心態「變異」了沒？

如果在這方面有特殊的際遇，很容易將《失去的春天》當成「內幕小說」來看；只是作者並無意於此，只是在遭遇不如意時、有所感觸時，發發牢騷罷了，所以著墨不多；恐怕會令部分讀者失望了。其實，以作者長年任職於斯的體驗，對那個圈圈裡一些異於「常情」的情事，親身經歷、親眼目睹、親耳聽聞，足足可以寫成一本現代的「官場現形記」；只是作者激憤之餘，仍保有一分「與人為善」的情懷，點到為止。

看《失去的春天》，有點像在看觀光局的旅遊指南；如果你對家鄉的景物，已經有點依稀，不妨在看《失去的春天》的同時，攤開你的心理地圖，好好地回想六十年代的家鄉；只怕今昔相對照，更予人「景物依舊，只是人事全非」之歎！

在小說中，作者有計畫地帶領著讀者，周遊了金門的主要風景名勝：壯偉的大膽島、幽雅的太武山谷、熱絡的金城鬧區、翠綠的中央公路、撩情的山外溪畔、純樸的碧山農村、新市里——太湖——安民——榕園的大山外、依山傍水的古崗樓、波濤澎湃旁的文臺古塔、再加上山谷的夜景。

對於生長於斯的金門讀者而言，這些景地早已成為生命中的一部分，很容易在作者的牽引下，重遊記憶中的昔日美景；尤其是在回到農村、介紹田中耕耘、家鄉小吃的部分，作者刻意使用了故鄉方言，家鄉人藉音會意，特別有一番親切的體會；對聽不懂閩南話的讀者來說，或許有點生澀難解；但對家鄉讀者而言，彷彿回到昨夜夢中、聞到無比香醇的的泥土芬芳！

當然，使用了地方方言，介紹了一些家鄉情事，是否就可以叫做「鄉土文學」呢？基本上，我不這樣認為。「鄉土文學」的基本要素，應該是依文學的內涵來判定，而不是文字的表象；應該是具有獨特性的內容，而不是殊異的景物。如果把作品中的人物角色改頭換面，把時空置換，仍然可以通行無阻，那麼，它的「鄉土性」就值得置疑了！基於此，我同意《失去的春天》的讀者，將受其鄉土經驗的侷限，或許有些讀者不能感受到作品的完全共鳴；但是，如果因此而把《失去的春天》歸類為「鄉土文學」，在認知的態度上，我仍然有相當程度的保留。

何況，愛情這個東西，是沒有境界之分的。

四、感恩憶故人，髮白思紅粉。

在「寫在前面」裡，作者對幾位長官，表達了他的懷念與感恩；同時更對無緣結為連理的顏琪，許下了來生的承諾。正是：

感恩憶故人，

髮白思紅粉。

原載一九九七年三月廿五日《浯江副刊》

因為真實感　所以引人注目

——論陳長慶《失去的春天》之「人物篇」

白翎

0 概說

在副題為「四評陳長慶的小說」的那篇〈探討〈再見 海南島〉的寫實性、懸疑性和道德觀〉文中，筆者曾在「第0章『另類思維』」的末段，有如下的敘述：

> 文學的表現手法千萬種，每一位作者都會選擇最有利的方式，來表達自己的內心世界；同樣的，文學批評的角度也有百十種，自然也是「各有所長，各取所需」了。筆者比較喜歡從小說的精神面去挖掘，透過深入的分析、大膽的假設、合理的歸納，有時也會提出一些未必是評論原作的個人意見：如果能因此而發掘出作者的意識寶庫，固所願也；退而求其次，也可以代表著另一種不同方向的思維歷程，提供另一類不同的想像空間，大概

也不致有礙原作吧。

這是我的一貫看法與做法。所以，在寫了這麼多年的評論以來，都盡量的避免引用原文；在決定對《失去的春天》做細部的顯微解析後，可能將難以迴避，會適量的夾帶一些《失去的春天》的原文，使這些書中的人物，不論是刻意描繪的顯性角色，或者是「欲彰還蓋」的那些隱藏性人物，都能精彩的重現，活躍在讀者的眼前；還給他們一個清晰的面目——即使是陳大哥也將無所遁形；如果原作者有不盡同意之處、或「礙難」同意的反應，也都是不難意料的；我不敢肯定能挖掘出作者的潛在意識，更不敢說作者的敘述出了什麼差錯，可以確定的是：《失去的春天》給我的，就是如此的映象。如果其間還有落差，就算是「意識代溝」吧！

有關《失去的春天》故事的時空：我在「感恩憶故人　髮白思紅粉」的那篇導讀中，提到：看《失去的春天》，彷彿在看金門的旅遊指南。空間方面已是清楚不過的了；至於時間方面，根據小說提示的事件而言，有三處陳述可以推論，故事應該是開始於民國六十年代的初期。

一、在第三章的前往大膽島進行春節離島慰問的小艇上，主任就有關《金門文藝》申請登記證的事，當面告訴故事中的陳大哥：

「《金門文藝》的事，我已交代過，祇要你們具備完整的手續，不會有問題的。」

而《金門文藝》的創刊號，是在六十二年七月一日出刊的；出刊時尚屬「本刊正依法辦理登記中」的狀態；以當時的大環境來看，應該是取得地方主管單位核准後，轉報新聞局核發登記證中，「提前偷跑」在戰地政務的戒嚴狀態下，是絕對不可能發生的事情；直到民國六十三年二月出版的春季號，也就是《金門文藝》的第三期，才出現了「局版臺誌字第〇〇四九號」的登記證字號。

所以，這趟「大膽島春節離島慰問」之行，推測是六十二年的春節，應該是可以接受的；那麼，前置的「『毛澤東』與『藍蘋』事件」，「黨務的『小組會議』交鋒」，發生在民國六十年左右就屬合宜的推理了。

二、在大膽島的春節離島慰問中，陳大哥帶去了二十本他的文集——《寄給異鄉的女孩》，陳列在每個連隊的書箱，提供島上的官兵閱讀；顏琪奉主任的指示，在藝工隊的演出中插播，向臺下的官兵介紹「陳大哥」時，也曾提到：

「你們看過《正氣副刊》連載的長篇小說《螢》嗎？」

可見在這趟「大膽島春節離島慰問」之行的時候：「陳大哥」的長篇小說《螢》，當時正在連載、或是剛連載完成不久；帶去的《寄給異鄉的女孩》文集業已出版，而查對的結果，該文集初版發行日期是在「民國六十一年六月；連載的長篇小說《螢》的單行本，初版的發行日期則是「民國六十二年五月」。

所以「大膽島春節離島慰問」之行時間的落點，應該是在民國六十一年六月以後，六十二年五月之前，也為前段推測是六十二年的春節，再提供一項佐證。

三、在「尾聲」的開頭，作者寫著：

一九七四年春天，在友人的協助下，我帶著顏琪的「靈罈」，搭乘「閩江一號」漁船，環繞了大膽島海域，在我含淚地撒下骨灰時，她卻沒有隨波逐流，也沒有沉在海底，而是永存在我心中。

在第十四章利用週日赴「尚義醫院」，由黃華娟協助請謝大夫診察；又進行「古崗湖」與「文臺古塔」之遊；再回到「新市里」後的對話裡：

「如果現在你能帶我回鄉下，該多好！」
「還有半年，很快就到了，顏琪，陳家大門永遠為妳開著。」
「只怕等不到那天。」

在第八章顏琪隨「陳大哥」返回碧山老家，在農田旁大樹底下的草地上，吃了那頓「芋頭稀飯」後，有段描繪「回歸田園」理想的時間表：

「這不是夢，也不是幻想，我們隨時隨地都可達到目的，完成理想。妳與隊上的合約還有多久？」
「兩年又一個月。」
「七百多個日子，很快就會過去的。顏琪，我們期待這一天的來臨。妳無怨、我無悔；共同攜手、同甘共苦，迎接未來。」

從這三個數字去倒算：

民國六十三年春天，陳大哥將顏琪的骨灰撒在大膽島海域；顏琪得知罹患「胰臟癌」前，與藝工隊還有半年的合約；初次回到陳大哥老家——「碧山」時，合約還有兩年一個月：加加減減之後，和前項的推算頗吻合的。

所以，《失去的春天》故事發生的時間，幾乎可以肯定是在民國六十年代的初期。

把《失去的春天》當做一個小說故事來看，作者或許會有意見：因為陳長慶一直是以「寫回憶錄」的心情來經營它的；不論是「寫在前面」、「尾聲」、「寫在後面」、或者文中的每一個人物、每一個地點、甚至於一草一木，都是他廿餘年來，午夜夢迴、縈繞蕩漾，從未曾片刻忘懷的！

儘管我們能接受作者「真人真時真地」的說法，但是作者有更強烈的企圖心，要讀者接受「這是真事」的訊息；唯恐讀者把《失去的春天》當成「瓊瑤（窮聊）」式的愛情文藝小說，那就枉費了他的一番「心血」（心在滴血）了；不過，站於讀者或評論者的立場，在關心是否「真有其事」之餘，我們仍然只能以讀小說、看故事的心情來面對《失去的春天》，以「就文論文」的態度來討論《失去的春天》；至於是否「事事皆實」？那是（陳大哥家）飯後的話題，我們外人也就只能「不予置評」了！

或許，這看來「真實」的特質，正是陳長慶小說引人注目的主因，也是陳長慶小說的最大賣點。

1 顏琪——紅顏薄命的安琪兒

在《失去的春天》裡，有兩位安琪兒（天使），就是故事中的兩位女主角：藝工隊的顏琪，是散播歡樂散播愛的演藝天使——她散播的歡樂，是防區官兵精神上的神丹，慰藉著他們離鄉背井的孤寂心靈；她散播的愛，卻是陳大哥的獨家專利。「尚義醫院」護理官的黃華娟，是護理軀體護理心的白衣天使——她護理的軀體，是照料住院官兵身軀上的傷病，減輕他們肉體上的苦痛；她護理的心，也只專屬「陳大哥」的，特別是兩人獨處的時刻，她總像是中了「丘比特」箭毒似的「情癡」，被陳大哥迷得暈頭轉向的。

顏琪是來自軍人家庭的湖南女孩，父親是領終身俸的退役老士官，父母住在臺北市民生東路「婦聯四村」的眷村裡，妹妹也已經踏出校門，在社會上工作了，弟弟顏明則尚就讀於鳳山的陸軍官校。由於父親曾在金門服役過，對於金門自有一番深入的認識，使得顏琪對這塊土地，甚至於居住在這塊土地上的人們，也具有特別親切的感覺。

至於顏琪的年齡，以作者在末章所寫的，「生命中的第廿四個春天還來不及過完」來看，故事開始時，顏琪應該正當是少女黃金時期的雙十年華。

我們且從小說中的描繪，看看作者塑造了怎樣的顏琪？

一、富有青春氣息的顏琪——在「毛澤東」與「藍蘋」事件時，上場的顏琪是「甜甜的粉臉，嘟著小嘴，白皙的皮膚，修改過的草綠軍服，服服貼貼地襯托出婀娜的身姿。」石班長眼中的她則是「那個小女孩長得眉清目秀，伶牙利齒，純潔可愛，不像其他的女孩，浮華油條。」等到「那位甜甜的女孩，雙手插腰、嘟起嘴」找陳經理算帳時，又是「理直氣壯地，用食指重複比劃著」、又是「氣得不禁又雙手插起了腰」、又是「自己也笑出聲來，玉手握拳，做了一個想捶人的手勢」、又是「隨著好奇的口氣，架式也隨即放低了」；除了「頑皮，淘氣」的模樣，作者費盡心思筆墨，表現出的那份「純真、率性」的青春氣息，是那種涉世未深、不知情愁滋味的璞玉，是百分之百的「清純佳人」。

二、充滿俠義熱誠的顏琪——在藝工隊的黨內小組會議裡，因為「大家祇是想享受福利，卻不敢建議，壞人只好我來做啦！」而站出來「建議聘雇人員能比照現役軍人享有四大免費服務，發給免稅福利品點券。」連隊長都稱讚「顏小姐她熱情又熱心，能說善道，能唱能跳，很得人緣，有很多事她都主動替同仁爭取。」除了乘機與「陳大哥」搭上線，讓陳大哥留下「她能潔身自愛、嚴守紀律、與同事和睦相處、替同事爭取福利，投下的工作精神和專業素養，讓人心服，也深受長官的肯定」的印象外；也營造了顏琪那股俠骨柔腸的特質，敢於說出大家的心裡想說的話，以爭取隊員們的權益，以及後來陪同隊上同伴到供應部採購福利品，都頗符合她熱心，有人緣，而成為藝工隊「臺柱」的角色。

三、表現愛憎分明的顏琪——在「后扁」的「小據點巡迴服務」時，顏琪曾在隊上的戲劇官——何中尉吆喝之餘，罵了他一句「小人」！再拉陳大哥共舞一番，還以顏色。顏琪的說法是：「理由很簡單嘛！他要請我看電影，我不想看；他要請我吃宵夜，我不餓。他認為我高傲，不給面子，就要起威風啦，認為自己不得了啦！」其實，不想看、不餓，都是藉口；看不對眼才是實情。除了高傲的心態外，其後的向一〇一反映，自己的隊員不當獲發免費票、免稅福利品外流，而被隊長說是「敗類」一案，真不知道該頒發這位戲劇官「大義滅親獎」、「酸葡萄獎」、還是看不清顏琪實力及集多級長官信賴於一身的「進士（近視）獎」？當然，在這過程中，不但表現出顏琪的率真個性，更佐證了她的知人之明。

四、主持歌藝雙絕的顏琪——顏琪在藝工隊的臺柱地位，主要奠基於她的節目主持功力，每次主任到場，總是要點她的名；至於作者為她安排的曲目，也都是六十年代膾炙人口的名曲，如：「教我如何不想他」、「問白雲」、「偶然」、「藍與黑」、「癡癡的等」、「春風春雨」……等；除了主持小據點演出，在擎天廳的慶生晚會，尤其是婦聯總會的勞軍晚會，是她動過聲帶手術後，首度的主持和演唱，又是一場隱含著洋土較勁的競爭。在這場精彩的演出中，觀眾的掌聲就是她最大的滿足，司令官特別頒發的個人獎金，更是對顏琪傑出演藝的最大肯定；這時的她，可說是達到了個人演藝生涯的巔峰了。

五、嚮往農村田園的顏琪——處在掌聲中的顏琪，並未看重她的演藝生涯，而是以婚姻家庭生活為念；所關切的是，陳大哥何時帶她回鄉下老家，認識那兒的環境和未來的公婆，以及對那兒的「入境隨俗」；念念不忘的是，何時一起離職，回到純樸的農村生活？作者要表達的是不止是一位具有古典美的女性，更是具備優良傳統的婦德；所以，顏琪走到山上，脫了鞋襪就能下田；回到家裡，又搶著下廚房；吃了「蕃薯簽」、「安脯糊」、「菜脯」配「花生」，或者是「芋頭稀飯」，不僅津津有味、還總是意猶未盡的。這簡直是作者另一本小說——《螢》中的「陳太太」麗貞的翻版，那位千金小姐一入家門，就脫胎換骨地上山下田，成為標準的農家婦。

六、愛得無怨無悔的顏琪——掛在顏琪嘴上的那句「你要我往東，我怎敢往西呀！」正說明了她對陳大哥的信任與愛，已經到了無怨無悔的地步。當陳大哥積勞臥床時，她除了一下班就趕來探望，又特別透過長官特准，請了一天「陪病假」，不但撈過界地到辦公室協助裝訂資料，還呼群保義地拉參謀們下水，惹得康樂官笑著抗議她「領康樂部門的薪水，卻幫福利部門工作」。尤其是陳大哥帶她回過碧山老家後，得到兩老的認同，顏琪也同時認定，她與陳大哥的終身鴛盟，已是雙方相互的默契與承諾了，這也是小倆口感情的最甜蜜期。

七、病得無力回天的顏琪——「聲帶手術」對顏琪而言，是她一生幸福的分水嶺；雖然陳大哥奉命不眠不休的在病房裡陪著她，正是愛情開花結果的表現，更是長官們對他們姻緣的肯定；女人的敏感，使得她從聽到陳大哥在病房門口，與黃華娟的初次對話、主動送她著作起，就有了警覺：緊接著顏琪出院時兩人的握手與眼神交會、顏琪無言抗議的冷戰、在太湖畔明示情變會「沒完沒了」和「拚命」、勞軍晚會讓顏琪在臺上親睹黃華娟的頭靠在陳大哥肩上、「聊」到宵禁找不到車回醫院……每一次出狀況，顏琪都在陳大哥的四兩撥千斤之下，或沉默以對、或支吾其詞，僅以保證愛心不變相應，絕未澄清與黃華娟間的清白；即使在黃華娟安排週日替顏琪檢查病情，再往「古崗湖」與「文臺古塔」的三人行之後，弱勢的顏琪始終只能以「我還是會『心酸酸』的！」來回應陳大哥的「守著愛情享受『友』」；相對於顏琪的專情，作者所安排的結局，已是一種極富道德性的結局。

綜觀全文，作者對劇中人物的表情描繪、動人反應、心理敘述都花了一番功力，倒是人物特徵的細部具象特寫，完全被遺落了；尋遍十六萬字後，我沒看到顏琪的「水」在那裡？有的盡是一些粗糙的輪廓，抽象的形容詞和外在服裝的表象。如果這是作者一貫的寫作風格，沒有為人物做細緻特寫的習慣，或是過分在意於心理的分析了，都是可以理解的。畢竟，小說不是素描，圓臉、方臉、瓜子臉；丹鳳眼、瞇瞇眼；鷹勾鼻、朝天鼻；反正您想給他什麼樣的類型，就想像成什麼樣子，如此隨心所欲，正是給讀者更大的想像空間，您接受嗎？

顏琪在《失去的春天》裡，是第一女主角。她和陳大哥的那段姻緣，因無心插柳的「調戲」而相識，因爭取藝工隊員的福利而產生交會，感情的花朵在長官的牽引下，奠定了大開大放的契機；尤其是適時而來的，那段為時不短的「小據點巡迴服務」，更為他們感情烘焙加溫，而趨於成熟。做為藝工隊的當家主持人，在散播歡樂的工作上，稱為「安琪兒」是恰當或是過譽，仍屬仁智之見；但以「紅顏」相稱，應不為過，至少她也曾為「陳大哥」帶來了不大不小的幾場「禍水」。作者安排她在《失去的春天》過完一生，或許是現實的無奈；尤其是那付「毛髮脫落、眉毛消失、一身皮包骨」的「美人遲暮」的影象，更是現實的殘酷！誰說不是「紅顏薄命」！

2 黃華娟——終是明日黃花的狂狷者

狂者進取，狷者有所不為也。

——論語子路篇

文藝寫作和文友在陳長慶的小說中，常常是情節上最現成的橋樑。在《失去的春天》裡也不例外：顏琪因主任的推介「他還是個作家：不但寫小說、寫散文、寫評論、出過書；還要辦雜誌。」而對他另眼相待；政三組的郭緒良是寫詩的文友；尚義醫院的大夫曾文海是詩人文友；護理官黃華娟是寫散文的文友；「考指部」的上尉行政官文曉村、「第一處」的謝輝煌中校都是詩人文友。在這許多文友中，尤其是陳大哥口中，「又美、又動人、又妖豔、又熱情」的黃華娟，更是《失去的春天》不可少的臺柱。

要說黃華娟，不能不提那位「詩人大夫」曾文海：這位曾大夫雖然為顏琪解除了聲帶病痛的致命打擊，延續了她的演藝生涯；卻也為顏琪的感情生命，引進了另類的致命一擊；如果能重頭再來一次，說不定顏琪寧願放棄有如中天的演藝舞臺，和終身發不出聲音的痛苦，而選擇與陳大哥長相廝守，早日的歸隱田園，共同耕耘那屬於兩人的愛的甜蜜世界。

如果不是曾大夫在陳大哥面前的多次提起、當面的「胡言亂語」、側面的敲邊鼓、又是三番兩次的「反提醒」、帶黃華娟參加擎天廳晚會發生「頭靠肩」事件、尤其是趁顏琪到外島作小據點演出，為他退役的餞行宴上，更是極盡挑逗之能事，弄得兩個年輕人心猿意馬、藉口酒精作祟地去進行劇情。否則，黃華娟和陳大哥這兩個「角」，可能會像「陳經理」和福利站中的那麼多的小姐一樣，未必會「投影波心」和「互放光芒」，和顏琪共同成為《失去的春天》的愛情三角戀。

在黃華娟和陳大哥的感情發展過程中，作者費盡心機的灌輸讀者一個印象：陳大哥是無罪的！所以在每一次的交會後，總有一些「剎車」的機制：初次見面後，安排顏琪在簽呈紙上寫著：「陳大哥，我愛你，我不能沒有你。」；經過病房應對和傾聽陳大哥與曾大夫的對話後，藉曾大夫之口說出：「少看黃華娟一眼，你沒發現，顏小姐不高興了。」；顏琪出院時的握手和交會，又讓曾大夫說出：「車上有人不高興啦！想腳踏兩條船，你會死得很難看！」加上顏琪無言的抗議，太湖之行再用「沒完沒了」，「拚命」和「發火」來警示一番；那場「婦聯會」勞軍晚會的黃華娟鄰座飄香後，曾大夫又說：「臺下的人急著走，臺上的人等著生氣；朋友，你的戲還沒完。」會後顏琪立即電召陳大哥至文康中心當面抗議；為曾大夫餞行的那場飯局後，識趣的曾大夫藉故去找衛生院學弟，衍生在山外溪畔的那場「妳的舌尖在我的嘴裡蠕動」，是黃華娟和陳大哥感情戲的突破點，再因曾大夫的「放鴿子」，向馬士官長調車而情節外洩，還好顏琪只風聞到後半情節，仍然發出「交情不好能在「中正堂交誼廳」聊到宵禁？聊到找不到車子送人家回去？我只是忍下不說，並不是不知道！」的尖聲怒吼；過分的是在感情突破之後，竟然於光天化日下，在太武山腰的巨石上，玩起「舌尖蠕動」的遊戲；病中的顏琪在古崗湖的三人行時，除了讓陳大哥和黃華娟結伴划船，也只能無力地說：「如果她再把頭偏向你，我還是會『心酸酸的！』而已了。

從以上黃華娟和陳大哥的感情歷程看來，大夫曾文海所扮演的角色，幾乎就是幕後的那隻「黑手」；作者把所有的機遇都歸功於這位詩友，換句話說，所發生的一切意外，也都是這位詩友的罪過了。這位詩友大夫如何的「胡言亂語」，其中的精華都集中在第十三章，陳大哥和黃華娟為他餞行的晚宴上，原文精彩處頗多，為了避免有騙稿費之嫌，不便照引，讀者們如有興趣，不妨自行參閱。

黃華娟這個四川女孩，也是來自軍人家庭的，父母住在鳳山陸官的眷舍，弟弟就讀警官學校，臺北市永春街五樓的住所是姊弟休假的家。以她「少尉護理官」的官階，如果用一般的專業培養年資計算，年齡應該不在顏琪之下，只是以先來後到之故，稱顏琪一聲「顏琪姐姐」罷了。

在《失去的春天》中，黃華娟被定位為：熱心、熱情、漂亮又敬業。「以文認友」且對陳大哥「主動出擊」的角色。

——顏琪住院時……沒有說來由地為陳大哥端來一杯熱牛奶，提了一床「三花牌毛巾被」。

——顏琪出院時……我正要收回不知覺而伸出的手時，她卻大方地伸出細柔的玉手，讓我握住；……她何嘗不是多看了我好幾眼。

——自從在擎天廳看過晚會後，她單獨來找過我好幾次。有時……她的表現、她的動作更是強烈；有時……隱隱約約提了一些讓我靦腆的問題。

——曾大夫要陳大哥在給她的贈書題詞中，加上「親愛的」三個字時；她看後，摀住嘴，開懷大笑。……看她興奮的臉龐和怡人的笑靨……。陳大哥不簽時，她藉故上洗手間，讓兩個男人乘機溝通一番。……簽下後，我舉杯飲盡，……她含笑地看看我，也同時飲下。

——圍籬下的一條小水溝，我不得不禮貌地伸出手來，攙扶她小心地跨過。而她卻緊緊地挽著我的手臂，頭斜靠在我的肩，我也把手環繞過她的頸後，放在她的肩上。

——我輕輕地移動了一下坐姿，把她斜靠在我肩上的頭，微微地挪開；而她竟猛而地環抱住我，滾燙的舌尖，已在我嘴裡不停地蠕動著，時而在舌上、時而在舌根，也燃起我青春熾熱的火焰。

——我又一次地輕推著她，她依然緊緊地抱住我。轉而地俯在我的胸前，像要把頭鑽進我的胸腔裡，那麼地壓迫著我。……她抬起頭，雙手勾著我的脖子。她的舌尖又在我的唇上舔著、舔著，一遍遍、一遍遍，讓我如癡如醉、讓我想起牡丹花開的時節。

——我輕輕地托起她的臉，她的淚水已沾濕了，我欲為她擦拭淚痕的手掌。猛而地她又抱緊我，含淚的嘴唇在我臉上狂吻著，讓我嚐到鹹鹹的淚水，且也讓我的精神和理智崩潰。我張開雙手環抱她，吻遍了她頰上的每一個角落；從耳後到頸上、從眼角到嘴唇，吸著她的舌尖，也失去了我一向自視清高的人格，終究被一顆純潔、熱情的心所同化。我是憐憫？還是同情？是真愛？還是玩弄？不，不是的，什麼都不是！我們都沒有罪……

從以上引述中，我們見識了黃華娟的進取，也只是為她的「狂者」性格做註釋；或許有些讀者會懷疑：陳大哥何其幸運，能有如此的豔遇；為何我們就沒有機會體驗一番？其實不難，你可以到陳大哥的書店去「拜師」「取經」；如果您有那份機緣，陳大哥又肯洩露些許天機，那您就終身受用不盡啦！至於，黃華娟的「點到為止」，守住「狷者」的「有所不為」，實際上，就是作者「道德層面」的自我覺醒；也就是這「道德層面」的最後一道防線，才使得黃華娟成為年輕護士們口中的「老姑婆」。

至於黃華娟後來使出的「服侍『老太爺』」的「步數」，是發生在陳大哥第一次專程赴「三總」探望顏琪的時候。本來那就是一趟「悲傷之旅」，對顏琪、顏父的許諾，也都是莊嚴的；當陳大哥在三總顏琪病床前，守了三天三夜之後，作者立意要打開陳大哥鬱悶的心結，教黃華娟使出那套「服侍『老太爺』的招式」，事實上是頗為唐突的；面對海誓山盟的伴侶，臥床不起，如此的安排，會不會「轉」得太「硬」？是否真有「消憂解愁」的效果？或許又是見仁見智的問題了。

就《失去的春天》的兩位女主角，我蠻同情顏琪的：同情她愛情路上的曲折、同情她的無能為力、同情她的情海遺恨；至於作者所刻畫進取的黃華娟，說實在話，我很難不表示異議。很率性的說，如此的安排，不過是陳大哥的「大男人主義」心理在作祟罷了；儘管作者於「寫在前面」和「尾聲」強調寫的都是事實，可是，我仍然寧願它只是一篇小說而已。

或許，它真的只是一篇小說而已。

3　陳大哥——自認越陳越香的大哥大

《失去的春天》裡面的陳大哥是金門人，家有二老，兄弟姐妹不詳，擔任武揚營區的福利站經理，同時兼辦防區福利業務；他還是個作家：不但寫小說、寫散文、寫評論；出過書、辦過雜誌。

其實，福利站經理本職是軍中聘僱人員編制，工作地點應當是在福利站內；就因為多了「兼辦防區福利業務」的頭銜，才有兩個辦公處所，組裡、站裡兩頭跑；在福利站裡，他是頭頂一片天，獨當一面；但在政五組的辦公室裡，除了文書、傳令外，組內的成員都是少校以上的軍官。所以作者才特別強調「雖然我不具軍人身份，但也是經過防區司令官任命，國防部有案的福利單位主管。在幕僚單位，除了主管官外，其他無論官階的大小，各司其職，替長官負責任。」也才有藝工隊裡的戲劇官——何中尉因爭風吃醋而再三挑釁，此事容後再論。

雖然防區的福利品供應站很多，但是武揚營區的福利站畢竟是「金門防區第一站」，除了「免稅福利品供應部」外，還有「文康中心」、「小食部」、「免費理髮、沐浴、洗衣部」……等；更因為陳大哥的兼職大於本職，搶了組裡那位「福利官」的業務——因為歷次調來的福利官，在業務尚未進入狀況時，又準備要輪調、要高升，甚至從「車動會」調來的李中校，連一份簽呈都擬不出來——使得他承辦的「每季一次的『福利委員會』，必須把防區所有的福利業務，如：免稅福利品供銷、特約茶室、電影院、文具供應站、免費理髮、沐浴、洗衣……等各項收支情形，做數字上的統計工作，而後撰寫檢討報告、業務報告。」再加上年節的「慰問金」、「加菜金」，或者臨時編組的「小據點服務和低價服務」、「廢金屬品處理」……等等，單看這份菜單，確實是讓人頭大，也難怪在第五章的時候，陳大哥要大病一場，讓長官特准顏琪一天的「陪病假」；那麼，陳大哥是怎樣「獲得長官『你辦事，我放心』的充分授權」？根據陳大哥的自白，他「憑的是對業務的嫻熟和投入，以及不容懷疑的品德和操守。也必須經過一段時間的考驗」。

由於陳大哥是經過多年的磨鍊，才能安居其位；在業務上自是得心應手，表現出十足的自信，那份自豪幾乎是寫在他的臉上；所以在《失去的春天》中，他曾再三地強調他的工作態度，以下是幾段引述：

——我自己也不敢認為有高人一等的能力和才華。但想在這個社會生存，想要服人，除了品德外，工作的表現、業務的熟悉，都是最直接的主因。逢迎拍馬、投機取巧，已無法在這個政戰體系裡生存。長官舉才，講的是苦幹實幹；心存僥倖，終是要被淘汰的，還要埋怨長官不公和偏心。

——有的只是對業務對工作的更投入。長官欣賞的是務實，而不是投機和浮華。長官看的是操守和品德，而不是偽君子。打小報告的、鑽門路的，依然逃不過他們雪亮的慧眼。因而在他們精明的領導下，我們投入的心血，對工作的熱衷，也從未出過任何差錯。相對的，也深受長官的愛護和肯定。

——我們憑藉著自己的能力，憑自己多年的工作經驗；非分的要求，不必接受，不必為五斗米折腰；除了爭氣，也要有骨氣。

——我會秉持著自己的良知，不管環境多麼惡劣，『法』與『理』已在我內心根深蒂固，不會動搖的。

——藝工隊演出時，我並沒有聚精會神地觀賞，反而利用這段時間，順便整理主任發放的「加菜金」、「慰問金」而回收的領據，深恐有所遺漏，將會影響日後的結報。

——「真理」終將戰勝「邪惡」。不管環境如何惡劣，我寧願選擇「大人」無法忍受的「方方正正」，也不願「逢迎大人」的「圓圓滑滑」。

——雖然我不具軍人身份，卻是替長官辦事、對長官負責。我的為人你清楚，追求的是「方方正正」而不是「圓圓滑滑」，你的官階雖大，我的權責也不小。如果再仗著高官親戚的「勢」，要我「走著瞧！」，我依然要說：「隨你便！」

——我並不是想惹他（首席副主任），而是秉持自我的良知來辦事，依規定、按法令，不會向強權強勢低頭屈膝；他如想整倒我，也是輕而易舉之事。如果我同流合污，知法犯法，將對不起祖宗，對不起養育我的父母，還有願意陪我回歸田園的顏琪，以及給我友情、也給我愛情的華娟。

他那份終身不改其志的「方正」之好、與對「圓滑」之惡，落實在對兩位「首席」的身上——「首席副主任」（陳大哥口中的「大老爺」）和後任的「首席參謀官」。尤其是在第十五章，某師福利官蘇上尉要以便條領取「免稅福利品點券」時，引發了和首席參謀官那場「方便」與「刁難」的戰火，還驚動了組長出來調停。其實，陳大哥並不是那麼的不通人情，至少有兩處的表現，還算是頗「變通」：

一、當負責煮飯的上士班長老石，等了兩個多小時之後，還沒輪到修面刮鬍，又必須趕回廚房下米煮飯而發火時，安排他到服務對象必須是少校以上的軍官部理髮。

二、比照現役人員發給藝工隊隊員三種「免費票」，及親自帶她們進供應部買「免稅福利品」。

只是我們不知道他的「變通」，是真正基於「同在一個大單位中服務，彼此都是同事，能相互照顧，能為她們謀取應得的福利，也是好事一樁，我何樂而不為？」還是僅有的「例外」。

接著，就以前面提過的「戲劇官事件」，以陳大哥的「方正」作風，平心討論他處理「免費票」與「免稅福利品」的風波：

「戲劇官事件」的何中尉，在三波衝突中，頗有「老鼠走進牛角」的味道，主因是因愛生恨、走火入魔而不克自拔：

第一波衝突是發生在后扁的小據點服務時，何中尉當時是藝工隊的領隊，主持節目的顏琪趁著魔術師在表演的空檔，摸魚去和陳大哥嗑牙閒聊，何中尉眼看魔術快要變完了，叫顏琪速回臺上，本是職責所在，倒也無可厚非；至於是否「尖聲咆哮」，還有距離因素和主觀判斷的差異；再扯上拒絕「請看電影、吃宵夜」而「耍起威風」，實有「擴大心證」之嫌；何況，顏琪還在女隊員與戰士共舞的時候，故意拉陳大哥下場，給何中尉一段現實的回報。

第二波衝突是發生在擎天廳的三月份慶生晚會後，陳大哥要用現金換回「假紅包」並取回收據時，兼辦行政的何中尉藉故是「刁難」，且不交付收據；當何中尉被藝工隊隊長指責之後，陳大哥把人情賣給隊長，「先交付獎金，明天再補收據」；隨後組長又把何中尉刮了之後，電召陳大哥到「文康中心」安撫一番。其間，何中尉是明的挑釁，卻是「賠了夫人又折兵」；陳大哥則是「面子裡子」都有了。

第三波是何中尉在明槍落空後，改射暗箭——向有關單位反映「陳經理」擅自核發免費票予非軍人身份之藝工隊員、及讓藝工隊員逕行購買免稅福利品而外流。這時的何中尉似是不擇手段了，至少享受福利的是自己的屬下隊員；或者他是以「大義滅親」自許，但總有那種「大水沖倒龍王廟」的味道，最後的結局是，何中尉被調走了！

那麼，陳經理的處理是否「合法」？是否合乎他的「方正」原則呢？

我們先看看陳經理在小組會議上，答覆黨員同志顏琪建議的說法：

「四大免費服務目前我們只辦了三項，免費理髮、洗衣，沐浴，這三項都在我經管的範圍內；從下月起，雇員可併同現役人員造冊，依規定核發免費理髮票三張、沐浴票六張、洗衣票四張。免稅福利品點券因必須按正式驗放人數核發，其權責是在國防部福利總處，編制外雇員依規定不能發給。不過我們也可以用變通的方式，依點券的價值（每點折合臺幣一元），再按貨品的配點數，加在售價裡，還是便宜很多。不過大家要記住，福利品是不能外流的，這只是給予各位同志最直接的福利。」

「我會交代供應部的管理員，儘量給予妳們方便，最好事先通知我一聲。」

再看看陳經理對反映資料的答覆：

一、依據本部「四大免費服務」規則第二條第三款，其服務對象為本部各幕僚單位官兵及聘雇員工；藝工隊雖為臨時編組單位，所屬隊員均為本部合法之聘員，依規定享受免費服務，並無不合法之處。

二、「國軍免稅福利品」點券之核發，係依據現役官兵之驗放人數。然，免稅福利之供應對象，除現役官兵外，尚包括眷屬及聘員，憑眷補證及職員證補足點券之差額，並依規定限量價配，造冊列管，並無外流之情事發生。

從以上的兩段敘述相互對照，如果以「圓滑」的角度來看，可算是「予人方便」，確是好事一樁；如果以陳大哥的「方正」角度而言，前半的「免費服務」既是地區自行辦理，且服務對象包含聘雇員工，則不僅該發給，還落了個「遲來的正義」之嫌；關於「免稅福利品」供應部分，就尚有可以「吹毛求疵」之處了：既然供應對象包括眷屬及聘員，自應如後段答覆所言：明白宣示「憑眷補證及職員證限量價配」，豈可勞動你堂堂經理親自帶藝工隊的女隊員進場，還特別交代管理員給予方便？難道陳大哥不覺得「個別帶進場、特予方便」有點「走後門」的味道，不如來個「公告周知、一體適用」比較「方正」多了嗎？當然，如此就少了些「權力」的滋味了！

至於陳大哥在當選為軍中某黨部的區分部委員，並且實際指導了藝工隊的黨務小組後，對「黨務組織」深入軍中體系，也有一段一針見血的批判。我們卻看看他怎麼說，也就夠了，不必再「畫蛇添足」了：

「黨」的組織，在軍中已儼然成為一個重要的體系。黨務介入行政公開運作，已是不爭的事實。它在團體裡，已衍生出一些行政系統無法理解的問題。除了本身繁瑣的業務，黨所交辦的：不是「速件」，就是「最速件」；不是「密」，就是「機密」；不是「面談」，就是「回報」。小組會、委員會，不容許你不聽、不從，無形中增添了不少精神上的負荷，和工作上的壓力。然而，這總是一件無可奈何的事，只因為你是黨員。

綜合以上的論述，我們可以發現到：任勞任怨的陳大哥，在上級長官的疼惜下，兼辦繁瑣的福利業務，自認勝任愉快且績效優異，自然地流露出他的高度自信與優越感；表現在業務上的作風，除了他口中有稜有角的「方正」之外，還有更權威又神通廣大的「魄力」；其後因請假未准，而遞出辭呈時，更以「組長眼見事態已大，親自帶著我的辭呈，直上主任辦公室」，帶回來主任：「准假乙週、辭職免議」的批示，來突顯出「捨我其誰」的「大哥大」情懷。

4 廖主任——《金門文藝》的催生者

在《失去的春天》的「寫在前面」裡，前金防部政戰部主任兼政委會秘書長廖祖述將軍，是作者懷念老長官的首位；《金門文藝》則是作者寫作生命裡，一段永難磨滅的歷程。小說裡，作者只在赴大膽島進行春節「離島慰問」的小艇上，主任就有關《金門文藝》申請登記證的事，當面告訴故事中陳大哥的一段話：

> 主任發現了我，或許他還記得前些日子，為了《金門文藝》申請登記證的事，到辦公室晉見他。

「《金門文藝》的事我已交代過，祇要你們具備完整的手續，不會有問題的。」

「謝謝主任。」我向他舉手敬禮。

「他們體會不到，你們想為家鄉辦份刊物的心情。雜誌還沒出刊，安全就先有問題，胡搞！」他慈祥的臉龐，浮起一絲不悅。

短短數行，一般讀者是很難體會出其中辛酸的；做為《金門文藝》發行人的陳長慶，這一路走過來，酸甜苦辣，真正是滿腹牢騷；就算是歲月流逝三十多年後的現在，偶而提起，仍然是不勝唏噓。

回憶起六十年代的當時，由於處於戒嚴時期的大環境下，政治氣候不像現在這般；完全是「黨國一體」的體制；只要有些不同的意見，就可能隨時會被戴上紅帽子，成為「異議分子」；膽敢批評時政、說政府不好的人，就是「黨外人士」；沒有加入國民黨的人，免不了被通知要「解聘」、「走路」；黨部進駐政府機構底樓，嚴密掌控著政策人事；甚至連保送升學，都會因為沒有入黨，而被「取消資格」；完全奉行那條「不是同志，就是敵人」的金科玉律。

諷刺的是，無數個後來成為「異議分子」的「黨外人士」，卻都是走過「國民黨」的；好像是，要先加入「國民黨」，才有資格成為「黨外人士」似的；要成為「黨外人士」的，也都必須先到「國民黨」這個先修班，去見習見習似的。

當時臺灣的政治活動，還是處於啟蒙時期，階段性的政治目標以教育民眾為主，所以政論雜誌成為主要的政治工具；相對陣營的策略變成一個永無休止的惡性循環：

你創刊一本雜誌，我就查封一本；
你印刷一期雜誌，我就沒收一期；
我查封一本雜誌，你就再創刊另一本；
我沒收一期雜誌，你就換家印刷廠再印一期；

所以，一本新創刊的雜誌，讀者根本無緣過目，就在印刷廠、裝訂廠裡夭折了，不算是新聞；一本以四個字為名的雜誌，只有兩個字是固定的，另外兩個字不斷地在更新，大家都知道，其實那是相同的一本雜誌；一般書籍難以例外，政論書籍更不在話下；一本書要撕掉幾頁、或把若干字塗黑之後，才能和讀者見面，都未必是笑話。這種「官兵與強盜」遊戲的主角，在中央是行政院新聞局和警備總部、在地方是省市新聞處和縣市文教、安全單位：他們發出去的查禁公文，是一大本一大本厚厚的清冊；同時，只要和文字沾上點兒蛛絲馬跡的，都要列入輔導管制；他們的業務，美其名是文化輔導，其實也不過是政治查核罷了。

這就是六十年代的文化事業！

在六十年代的時候，想要開一家書店，靠賣點書報雜誌糊口，曾是遙不可及的夢！只因為，書店是文化事業！

在這種時空下，想在金門創辦一本雜誌，還不是普通的不容易！《金門文藝》的創刊，是不是真正的「美夢成真」！

打開近年來的浯島文藝史，我們曾「自」豪地以為，自唐宋以降，自朱熹啟蒙以來，浯島的文化是源遠流長的；我們曾「自」慰地倡言，浯島的文化曾一度淪為「文化沙漠」，是大家使它走過「文化綠洲」，也綻放了不少的「名花異草」！

或許我們不必妄自菲薄！可是，我們也不必……

浯島的文藝環境並不是很好的。

我曾讀過一本四十年代，由中國青年救國團金門支隊部出版的文藝刊物；五十年代末期（民國五十八年）的《金中青年》創刊號裡，曾有兩篇如今看了會讓我自覺臉紅的賤作；

六十年代起，金門縣政府的文宣刊物《今日金門》領導風騷；中國青年救國團金門支隊部又重新出發，陸續出刊了二十幾期的《金門青年》；各國中、甚至國小的校刊，更如

「雨後春筍」般地，一年一年地出版著……。

當然，我們更不會忘記，從《正氣中華報》到《金門日報》的《正氣副刊》，再解嚴成如今的《浯江副刊》，是近年代金門文藝史，全程的參與者；多少作者從此處出發、多少作家在此處養成、多少名筆於此處落墨；譽為金門文藝發展的搖籃，絕不為過！

但是，金門文壇的民間刊物在那裡？是《浯潮》？是《臺北縣金門同鄉會刊》？還是……我不知道。真的。我一點兒也不知道。

可以肯定的：沒有廖主任的協助，就不會有《金門文藝》的創刊；沒有陳長慶的傻勁，也不會有《金門文藝》的誕生；沒有許許多多文藝愛好者的支持，沒有大家無我無私的出錢出力，更不會有一期一期的《金門文藝》。

說起《金門文藝》的誕生，陳長慶仍然有著刻骨銘心的感觸：

由於六十年代的時空背景一如前述：文化事業仍是一個極度敏感的領域，申請刊物執照更是一項極高難度的挑戰；基於文字的印刷，延伸下去就是對思想的影響，在那種思想尚未開放的時代，主其事者不願多此一事的心態，也是可以想像的；即使是定位為「純文藝」的刊物，難免還是抱著「多一事不如少一事」來得妙的想法，所以，申請刊物執照登記的一波三折，在所難免。

首先，陳長慶面對的是發行人的資格問題：以一個初中一年級即輟學的失學青年，自然提不出「大專」的學歷證明，去申請擔任發行人；還好，他的那本集散文、小說、評論於一體的「三合一」文集──《寄給異鄉的女孩》，當時已經結集出版發行了，再加上另一本文藝雜誌──《小說創作》月刊的義助，提供了陳長慶所必須的編輯經歷證明，才解決了第一個困難的關卡。

其次，是申請登記的同時，要提供資本額新臺幣貳萬元的銀行存款證明；當時一般公務人員的月薪，也不過是一、二千元左右，二萬元不是一個小數目；如果有能力獨自提出這筆款項，陳長慶也就不必中途輟學，去做軍中雇員了。話雖如此，身外之物的問題，總是比較容易克服的。

所謂的「有安全顧慮」這道關卡，才是真正的難題所在：本來嘛，人心隔肚皮，今天你申請要出版文藝性雜誌，誰敢保證你那天那根筋不對勁了，隨性變成了什麼性的；如果准了你的申請，以後你要在白紙上印些什麼「黑」字，我怎麼會知道；萬一你「掛羊頭賣狗肉」，盡耍玩些文字排列組合的遊戲，捅出了些或大或小的漏子，到頭來還不是麻煩一樁；為了防範未然，用有「安全顧慮」這麼好的顧慮，先打了你回票，省得你利用機會搞怪，成為走上歧途的羔羊、也省得我日後麻煩，說不定還落個「引誘犯罪」的嫌疑，正是「一舉兩得」、「兩全其美」的「預防重於治療」；想起來還真是「深謀遠慮」地，著實是為了陳長慶著想。

偏偏陳長慶就是不知好歹，仗著會耍筆桿子，仗著有「李蓮英」似的便利，硬是請出了「廖主任」這張大牌，來個長官「交代」一番：一方面拿著「為家鄉辦份刊物」的「沽名釣譽」藉口，掛上了「金門」這塊金字招牌；另一方面還不知「居安思危」地缺乏警覺性，硬要扣上什麼「雜誌還沒出刊，安全就先有問題」的大帽子，膽大包天、狗仗人勢地罵執行公務的人「胡搞」；要知道，戒嚴狀態下，最有效的通行證就是：「上級長官交代」；也就只有「人在屋簷下」、不再顧你死活地原文照呈，把申請案轉給了新聞局了。

如此一轉，倒給陳長慶轉出了金門地區，在戒嚴狀態下的第一張民間雜誌的刊物登記證來了！

5　大老爺——「好官」我自為之的副主任

紅花總須綠葉來襯托。在《失去的春天》裡，被作者拿來襯托好的老長官、老朋友的是同樣會「瞇著三角眼」且「臭味相投」的兩位首席：一位是政戰部裡的首席副主任、一位是政五組裡的首席參謀官；也是在《失去的春天》裡，作者用了不少的筆墨，唯一使用細部描寫，刻畫出他們嘴臉的人物。沖著作者的這份優遇，如果不稍加推介，實有辜負作者一番苦心之憾；實際上，如果作者肯再多費些筆墨，何嘗不是一幅現代版的「官場現形記」！

說實在的，六十年代的我，離開校門之後，還是又走進了校門，對當時的長官們的大名，所知實在有限；何況在當時，高級長官的尊姓大名，是列為最高的軍事機密，所以確實不知道作者所描述的，這兩位「反角」人物是誰？我只能根據《失去的春天》的內文敘述，整理出以下的頭緒，或許有些讀者看了，就能一目瞭然：

當時的政戰部主任是對陳大哥恩同再造的廖祖述將軍，副主任有兩位：作者只寫出督導二、五組的是留德的王副主任，簽在公文上的是「德鈞」兩個字；至於那位督導一、三、四組的首席副主任，作者只是稱呼其為「大老爺」，而避其名諱，也許在作者的觀念裡，尚深植著為長者隱其私的傳統美德。尤其是在他們三人中，只要是主任或王副主任差假時，陳大哥所簽呈的公文，就一一地落入了大老爺的掌心了，所以陳大哥只有「腳倉後罵皇帝」地自慰一番，總免不了有點兒「餘威猶存」的味道。這和「陳大哥」與組裡那位「有家有眷的『大官』，瞇著三角眼跑特約茶室，想白吃、白喝，黏住人家『蓬萊米』不放」的首席參謀官，所進行的針鋒相對、脣槍舌劍的高分貝爭論，實在是大異其趣。

首先讓我們看看作者筆下的「大老爺」是怎樣的形象：

——尤其是我們那位新來的首席副座。他從不以正眼來看你，而是用眼角來瞄你。我們看到的不是慈祥可親的臉龐，而是額下一對看來即『色』又『奸』的小眼。

——他蹺著二郎腿，嘴上刁著煙，冷嘲熱諷、不正眼看人是他的標誌。

——經過大老爺的門前，裡面有了爭論的聲音，不知道那一位幸運的參謀，在聽「訓」？我情不自禁地冷笑一聲，輕「呸」了一下，嘴裡喃喃地說了一句「什麼東西！」——四個不太文雅的字。

——大老爺，你貴為首席，只摸清了庵前茶室的門路，前門讓你汗顏，後門有人迎接。

——我們『敬愛』的長官，那副『可愛』的嘴臉，得到的是部屬的噓聲，何能贏得我們的尊敬。庵前茶室如有新進貌美的侍應生，總要先「恭迎」他「大駕」的光臨，又有誰不知？喝起酒來，官夫人也好，未嫁的姑娘也好，大伸其下三流的魔掌，又有誰不曉？然而，這些低級的傳聞和瑣事，我卻難以啟口。

——但你也要記住，如果不自制，想在庵前茶室繼續「泡」，總有「梅毒」上身的一天；如果不用「正眼」看人，久了眼睛自然「傾斜不正」。不要忘了「官」外有「官」，「人」外有「人」。

從以上生動的描繪，對於大老爺的不以正眼看人而自然「傾斜不正」，或許是天生異相，我們不能拿來當做話題；對於他的「蹺著二郎腳」，或許是在「媳婦熬成婆」的過程中，導致他的腳壓產生異樣，我們應該多加同情才對；對於他的「官大」愛抓人去「聽訓」，或許是他的祖上有德或者是上一輩子積了德，我們要尊重因果輪迴，至於下輩子如何，反正也沒有人知道；對於他的酒後失態，不管官夫人也好，未嫁的姑娘也好，都大伸其下三流的「祿山之爪」，或許是酒迷人性、或許是酒後見本性，反正都是酒精惹的禍；至於庵前茶室的諸多情事，其實是《失去的春天》的一條重要的支線，雖然本質上是「色字頭上一把刀」的即「色」又「奸」，頗令作者看不順眼的，根本上還不是孔老夫子的「食、色，性也」的另一個現實的詮釋。

軍中的「特約茶室」一直是地區難以擺平的問題，就像現在的發電廠、垃圾場一般，都有「最好設在別人家門口」的直觀偏見。尤其是「金城總室」，居然與地區最大的學校，及代表著地區文明精神的「朱子祠」，密切地儘有一牆之隔。但為了解決無數「金獨分子」——隻身在金的獨身族群——的「家事」問題，在漫長的戒嚴時期，儘管經過長時間的吵吵嚷嚷，仍然一直是燙手的懸案；甚至於解嚴之後，把這個「燙手山芋」端上了立法院的國之殿堂，成為萬民矚目的新聞焦點，才落個支解的終結命運。

大老爺與庵前茶室淵源之密切，可以從他不擇手段、費盡心思地想安排自己的舊日部屬，去擔任「管理主任」一事得到佐證：所謂的從前門進入庵前茶室，怕被人認出來，而要人在後門等著迎接的「汗顏說」；所謂的庵前茶室一有新進貌美的侍應生，總要先恭候他「大老爺」去品鑑一番的「恭迎大駕說」，作者都有神氣活現的生花妙筆；一方面是表現出大老爺的「人性猶存」、一方面也十足地說明了大老爺的「獸性高漲」；從另一個角度來看，特約茶室既是為了解決「金獨分子」身體機能的需求，豈有只顧士兵而忽略長官的道理？而且專屬高級軍官的庵前茶室的設置，無寧是最「人性化」的設計！大老爺終日為國辛勞，急需鬆弛一下繃緊的神經，況且，休息是為了走更遠的路，即使是「在庵前茶室繼續『泡』，總有『梅毒』上身的一天」，也是名符其實的「鞠躬盡瘁」啊！

至於大老爺與陳大哥的連番過招，倒是高潮迭起，到底是誰佔了上風呢？

第一幕是「招募費」風波：

大老爺體恤兩位新進的侍應生，呼應庵前茶室的會計結報，在履約不滿三個月時，就提前支付每人一千三百元的招募費；陳大哥依「服務滿三個月，才可以給付招募費」的規定，剔除了這筆二千六百元的支出；無巧不成書地，審核結報時，大老爺正好代理主任，特地找來陳大哥，當面開導一番，再飭命退回重簽，擺明要護航那筆「招募費」，讓它過關。陳大哥當然是依命重簽了，但是在主計處的支持與政三組的面授機宜下，使了一招「緩兵計」，把公文壓到主任回來後，才再度呈上去，閃過了大老爺這道關卡，維護了陳大哥終生奉行的「公理」和「正義」；當然啦，在眾侍應生的面前，也塌了大老爺的臺子，突顯了他的無能為力。

第二幕是「庵前茶室管理主任的任命」風波：

首先是大老爺把少校退役，幹過營輔導長的老部下——孫志坤交代陳大哥安排到庵前茶室任職，同時還特別提示陳大哥「帶著尚義醫院黃姓護理官喝酒去了，還有二號接待車，送她回去」的往事，究竟是以此來要脅，或是交換條件，其用心猶如司馬昭。食古不化的陳大哥只準備安插他當售票員，被大老爺一陣搶白斥責，帶著「回去看著辦」的威脅，還是敷衍似地把案子轉交給金城茶室。等不到下文的大老爺，面對處處以法令規章相對抗的陳大哥，眼看是此路不通了，就叫「福利中心」直接簽報孫志坤擔任庵前茶室的管理主任；陳大哥在上下交迫下，幾乎是措手無策的關頭，意外得到政四會簽的回覆是：「該員有賭博及毆打士兵之不良記錄」，於是，喜出望外地否決了這件泰山壓頂的人事案。

緊接著，大勢逆轉，陳大哥終於嚐盡了苦頭：當心愛的顏琪重病纏身，後送至三軍總醫院就醫，心急如焚的陳大哥，恨不得插翅飛到愛人身邊時，請假的簽呈又落入了大老爺手中，冤冤相報似地壓了幾天，再批了個「一、無正當之理由。二、應以公務為重」的「不准」；氣得跳腳的陳大哥，硬是遞了個「辭職」的簽呈，好在組長跳過大老爺那一關，直接得到主任「准假乙週、辭職免議」的批示，解決了請假的問題；在面臨六十年代最棘手的交通工具問題時，陳大哥原以為在手續俱全、萬事具備下，可順利請運輸組安排機位了，天曉得，大老爺又在簽呈上寫下：「陳員非軍職又非因公務、坐船可也」的神來一筆；幸好有主任辦公室的李秘書，安排改搭「政委會」的班機，才總算一波三折地飛向臺北。

後來，大老爺高升了軍團政戰部主任，到組裡來辭行時，還不忘說了一些「『方』、『正』固然好，但有時也必須『圓』一點，『方圓』、『方圓』嘛！」的道理；但是，讀聖賢書的陳大哥仍然是一本「不管環境如何惡劣，我寧願選擇『大人』無法忍受的『方方正正』，也不願『逢迎大人』的『圓圓滑滑』」的初衷，為這場你來我往的戰火，寫下了沒有勝利者的結局。

6　迎接另一個春天

由於本文不是以批評為主體的書評，而是側重於討論書中人物的分析解剖；所以和以前那幾篇評論文章，在口味上有所差異；這種方向上的轉變，不但少了一點兒義正辭嚴的說教味，還可能多了些生動活潑的氣息，可以捕捉到更多的潛在影像。這種改變，我個人的感覺是，更能深入陳長慶的內心世界，伴隨著他的思維脈絡，去挖掘他所想要傳達的訊息。不知您以為如何？

在《失去的春天》這篇小說裡，除了刻劃一段刻骨銘心的愛情、一個在「魚與熊掌」難以取捨而自溺的青年人，更為昔日的金門留下了片片剪影。我想，這也是作者另一個明顯的企圖，要提供給讀者一個記憶中的家鄉：他帶著大家走遍了金門的各處，傳達給「金門人」——不論是生於斯長於斯的本土人、偶然投影斯土的過客、或者曾在這塊土地上關懷過、灌溉過、視它為第二故鄉的友人們——一個清晰的影像，陪著大家共同緬懷過去、也和大家一齊走向未來；讓大家看到那段不堪回首的往昔、更讓大家感覺到突飛猛進的今日；不但緬懷過去陰暗的黑、更憧憬未來無限希望的藍！

在《失去的春天》裡，失去的是一個離我們愈來愈遠的春天，當我們發揮盛夏的熱與力、走過天涼好個秋、去面對嚴寒的磨鍊與考驗，迎接我們的，必定是另一個風光明媚的春天！

原載於一九九七年六月廿七日—七月四日《浯江副刊》

陳長慶這個人
——序《何日再見西湖水》

白翎

初見印象——文藝營裡的陳長慶

最初印象的陳長慶，是非常模糊的：既無任何淵源，也未曾有過片刻的交往。五十七年初春，在金門中學的那個文藝研習營裡，彷彿是有緣來相會；一個是已離校的學長，一個是大夥兒回去準備過年、卻自願留校憧憬著文字魔術的高二小楞子。說徐志摩一點兒，像是天空中的兩片雲，就算是風雲際會地偶然相遇，還是「你走你的陽關道，我過我的獨木橋」；算不上什麼「一拍兩散」，短暫的際會，根本是未曾接觸，卻早已各奔東西了。

就是那個手中拿著一疊文稿，當一夥兒圍著黃春明、梁光明、張健、管運龍等諸方家吱吱喳喳之際，說是要向黃春明請教小說之道，並且獻寶似地拿出一篇小說，帶有些兒神氣的小子，還有拿著新詩、散文的幾個人，像極「四人幫」陽謀似的，把授課作家給霸佔了，讓大夥兒只有在旁邊乾瞪眼的份兒。

如今回憶起來，其實算不上什麼印象；尤其是管管那個北方漢子的豪獷、汶津那個臺大講師的頭銜、舒凡的小說散文雙棲，特別是黃春明戴著那頂像似教宗瓜帽、偶而從軍用大衣內口袋摸出小瓶高粱酒哈一口的率性，陳長慶那付短小精明的模樣，硬是被比了下來。

這個沒有印象的「臭屁」印象，就勉強權充初見印象了。

以書會友——書店老闆的陳長慶

六十一年夏天，從島外島放逐歸來，再度來到那個學區跨雙鎮、有個好聽名字，遺世孤立卻腹地直貫海岸邊的山中小校。最大的難耐是，民族幼苗回去重溫親情時，山居生活的寂靜、身域的空曠，雖清新卻有幾許的滯窒。晚飯後，往山外新街走，成了實踐曾國藩那條「飯後三千步」訓示的功課；沾了當時全島最末班公車（晚間八點）的光，常常看兩個半場的電影——先看下半場，再接前半場——然後趕搭公車，再走一段漆黑、幽涼的山路歸營。

勉強沾個「文化人」的邊，逛書店成了比看電影更高頻的消遣。當時山外那兩三家的書店，成了我們經常駐足的寶地。那種看書多於買書的駐足模式，不見得受人歡迎；有的書店老闆一見面就噓寒問暖的熱情，化解了彼此間的尷尬，漸漸地，也就駐足地自然而然了。

在陳長慶一次「你就是白翎嗎？」的詢問下，才是真正的初次交會。從此，他的「金門文藝季刊社」就成了轉車空檔的駐足地，當然，更少不了專程拜訪，雖自嘲是為「殺時間」，其實多半是為「翻新書」而登三寶殿的。往後熟識的歲月裡，曾以「清掃灰塵」而戲求工錢，也突顯出書店老闆「以書會友」的待客之道。

惺惺相惜——金門文藝的陳長慶

六十二年夏，轉進到「錢無多、事不少」但明顯「離家近」的現職服務；因時空限制，未能常去駐足，自然就成了「淡水之交」（君子之交淡如水）。

六十三年底，在接到陳長慶的一通問候電話之後，很唐突地親自拿來一包文稿，要我接編《金門文藝》第三期；當時年少不識事，也沒學會婉拒，三言兩語就被擊倒了，「大姑娘上花轎」般地被迫承接編務。同時，欲罷不能地混了三期，成了我此生一項特殊的際遇。

身兼發行人與社長的陳長慶，丟下一些稿件和一張字型字號表後，就落個輕鬆，也不管是如何的缺乏稿件，要人家怎麼去做「無米之炊」，專心地去經營他的書店、去追逐他的銅臭；學不會推辭的人，只好「頭家兼敲鐘」，填不滿篇幅要自己補充、缺那類型的稿件也要自己硬掰，連封面也由自己濫芋充數，而懇求同事解危，再請專家設計；只是封面設計費佔全部出版費用四成的支出，也讓陳長慶掛在嘴邊，摸了好幾下屁股。

終於，在出版週年專號後，有人意願編輯「詩專號」的情況下，交出了這身重擔。這段經歷，確實成了日後交往最踏實的基石。

也是空白——消聲匿跡的陳長慶

不知道是因為宿願得償後的鬆弛，還是經歷書店的績效良好，或者是因《金門文藝》的「做到流汗、嫌到流涎」症候，讓陳長慶著實地在這塊「文藝花園」消聲匿跡了好一段時日。

視《金門文藝》如親骨肉的陳長慶，為了《金門文藝》的催生，的確花了一番心血；尤其是在六十年代的特殊時空下，能取得金門地區的第一張雜誌登記證，不能不說是一項異數。是這分如釋重擔的成就，讓他感覺應該好好休息一下嗎？

以現在的思維，很難想像「書店是特許行業」的說法。而當時，不只是說法，更是不容置疑的鋼律。到底是政策性的保護，抑或是禁忌性的管制，也許存有讓人自由心證與想像的空間；事實上，陳長慶的書店經營過程，就算不是致富之道，也像是樂不思蜀？

早期的金門文壇，曾被封為「文化沙漠」；感謝披荊斬棘的先進們，他們殺出重圍，開闢一條坦直的大道；在如此的氣候下，捫心自問：《金門文藝》是早產兒？如果不思考這塊貧瘠的園地，逕予較高的評價標準，說真的，是太抬舉《金門文藝》了！來自多方、對《金門文藝》直接間接的抑貶，陳長慶始終保持沉默，但可以想像的，他的心在滴血！所以，他選擇了逃避？

我也有一段空白，且在繼續中；原因很簡單：寫作只是談笑用兵，於我如浮雲，更如伯牙與鍾子期，如此而已。至於陳長慶為何也空白？我不知道。如今既已復出，又何必再問下去？

一號讀者——寶刀未老的陳長慶

八十五年，陳長慶的復出未嘗不是一件意外。

雖然他未曾為文自剖，但其中的蛛絲馬跡，依稀可辨。

依情剝理，一趟祖國大陸之行，應該給了他不小的衝擊。從他重印早期出版的《寄給異鄉的女孩》和《螢》二書，以及轉進長篇小說的情況來看，陳長慶除了不服老之外，更有為自己的文藝生涯留下見證的意味；搞不定出個「全集」什麼的，和親朋好友共賞一番。如果有一天，在傳播媒體上，看到陳長慶全集套書的廣告，我絕對不會感到意外的。

在《寄給異鄉的女孩》增訂三版、《螢》的再版過程中，應陳長慶之邀，參與了部分文書處理的工作；也成了他的作品的「第一號讀者」。在其中，體認了陳長慶對文藝的固執與堅持，儘管創作的過程受到許多客觀條件的牽制，那種「回也不改其樂」的執著，是令人感佩的。陳長慶未老，是他要傳播的信息；陳長慶老而彌堅，是我深深的感覺！

如影隨形——再創高峰的陳長慶

近兩年是陳長慶的文藝收穫季節。

八十六年一月除了重印《寄給異鄉的女孩》和《螢》兩書，也出版了新書——《再見海南島　海南島再見》——收集八十五年復出以後的小說、散文以及輟筆前未結集的作品；七月份更再接再厲地出版了長篇小說《失去的春天》；我曾戲稱它們是陳長慶的「四書」，是喜愛者的必修。

八十七年承繼慣性的衝刺，在八月份出版了長篇小說《秋蓮》、散文集《同賞窗外風和雨》。同時把歷年來褒貶他作品的文友論著合輯為《陳長慶作品評論集》，一併發行。如此的出書速度，雖然在國內還擠不上排行榜；但對地區文壇而言，即使不是空前絕後，也是少有的記錄。

今年，陳長慶雖然稍微放慢了腳步，但仍出版了這本《何日再見西湖水》散文集。它的宣示意義在於：陳長慶的「作者年表」裡不再有空窗期。如果他孕育中的小說能順產，明年，讓我們拭目以待吧！

秀才人情紙數頁。贅語與陳長慶的因緣際會，聊表衷心的祝福與虔誠的欽服，是為序。

時局盡荒唐　一把辛酸淚
——陳長慶筆下的家鄉角落

白翎

手捧著陳大哥《木棉花落花又開》的書稿，準備好好地品嚐一番；然而，滿懷的悠閒輕鬆絲絲縷縷地流失著，取代的是一波波的無奈——對過往時局的無奈、對早年坎坷的無奈、對人心不古的無奈、或者是對當今社會萬象的無奈……這就是陳長慶筆下的家鄉印象，也許正是這一代中古人的共同經驗，所謂的多情笑我早生華髮，也許是過多的情懷，催生了陳長慶的滿頭白髮，難保不是無奈所留下的歲月痕跡。

憂時愁局的陳大哥、放不開昨日的陳大哥，您真的辛苦了！

人生難得幾刻自然身。拋開憂鬱、拋開誘惑，剩餘的歲月，能否載得動幾多愁？讓無奈自已去無奈，讓自已的天空很自在吧！

本文定位於：試說陳長慶的散文。而，前金門日報正氣副刊編輯孟浪（謝白雲）先生曾做過結論：他的評論比小說好，小說又比散文好。（正面的說，「散文好、小說也好、評論更好」；換個角度：應該不是說：「評論很好、小說也好、散文可以說好」吧！。）

如今，陳大哥不僅評論、小說、散文寶刀未老；更闖入了詩歌的領域，連鄉籍詩人藝術家張國治教授也給了他「別具一格」的稱譽；由此可見，陳大哥不僅是寶刀未老而已，絕對勝過吳下阿蒙，絕對是令人刮目相看的！

評論對陳大哥而言，猶如學童拿剃刀當寶劍耍，當年也是叱吒風雲，名聲透京城；如今，不當大哥也很久了！二十多年來，似乎不見他的豪氣干雲，也許這是我們的損失。

小說是陳大哥終此一生的最愛，尤以復出後更甚。我常常提醒他：要早日完成四季書——春花、秋蓮、冬嬌姨之外的夏什麼？寫一個圓滿。

詩歌雖似是陳大哥的新歡，其實是他的驚豔。詩歌，竟然也可以如此寫！寫得如此的痛快！如此的過癮！如此的爽！宛如水庫洩洪，似千軍萬馬奔騰；啊，宣洩之美！

散文就成了陳大哥下酒的小菜。可惜他並不嗜酒，倒是喜歡茶餘飯後白髮宮女話當年一番，尤其是適機地撩他一下，必有佳作問世。所以，三不五時地順產，也到了結集出版的時候了。

因為陳大哥的散文既非純情派，更非關風花雪月；所以解讀之道也就順著他的人生百態，來細敘因果、談古說今。

本書內的散文，分成六輯。以下就依著書中的順序，畫蛇添足一番了！

找回失去的春天　再創文藝第二春

第一輯的重心在《失去的春天》這本書。

配合「金門寫作協會」八十九年五月底，以《失去的春天》一書為主題的「讀書會」，陳大哥特地寫了這篇〈燦爛五月天〉，當做作者的剖白；和與會的文藝同好分享他的心血結晶，當然也免不了自唉自嘆一番了。

針對《失去的春天》這部小說，我曾寫了一篇導讀——〈感恩憶故人　髮白思紅粉〉，重點在對小說的時空背景做初步的介紹，以便讀者更易於進入陳大哥的感情世界；同時也寫了一篇評論——〈因為真實感　所以引人注目——論陳長慶《失去的春天》之「人物篇」〉——請讀者明鑑：時間空間應是十足寫實，故事情節則真實感矣！明眼人一看如此副題，會想：應該還有下文；不錯，原本計畫共有系列評論三篇，另兩篇題目擬為：〈因為真情流露　所以扣人心弦——論陳長慶《失去的春天》之「故事篇」〉和〈因為真愛　所以感人肺腑——論陳長慶《失去的春天》之「感情篇」〉。導讀和首篇趕早完成，納入書中同時問世，後兩篇卻不了了之，成為我對陳大哥的感情之債；一者為怕掠陳大哥之美：導讀五千餘字，首篇逾兩萬字，如果以等量計算，總共就會有六、七萬字之譜，足足成為專書而有餘了。再者，事之不如意者，十之八九；時空演變，一拖一推、一忙一忘之際，竟然就成昨日黃花了。有朝一日，陳大哥的小說成為金門文壇的顯學，為彰顯陳學之光，共襄盛舉，我一定會補足這兩篇的。

至於陳大哥常牽掛在嘴邊的初一學歷，而忽略社會大學的經歷。固然，這是陳大哥終身的遺憾；除非自認學歷在髮白齒搖的今日，還是如此重要；除非當年的環境所侷，真的讓您沒齒難忘；除非農村家庭的不足，父母的無能為力，真的讓您抱憾至今；否則在高堂引你為傲時，再提失學憾，煞風景之極，無甚於此。以今日之陳大哥，意氣風發的時間多，以您的十二書，字字嘔心瀝血，環視浯島文壇，早已不遑多讓了！難道還缺乏自信嗎？還需要如此自貶嗎？

生命的價值，必須在自我的價值觀下，有所取捨。有所在意，也有所不在意。且看：強勢而抱憾終生的軍事總統、識時而謙抑自得的過渡總統、陰柔而彰顯親民的政治總統、傲世而專事破局的瀛兒總統、呼口號而手足無措的草根總統，歷史將會如何定位他們，已不是我們這一代人的事了！冷眼觀天下，人生還有什麼不能開懷的！

對陳大哥而言，《失去的春天》是一座分水嶺，開創了一個嶄新的文學生命。眼尖的讀者們，你們會發現，在《失去的春天》前後的陳長慶，有著極大的差異：彷彿打通了任督二脈的武者，頓悟人生哲理的智者，不獨功力驟增，信手拈來，一二十萬字的作品，行雲流水般地源源不絕；他早已找回文學的春天，打造出他文學生命的新地標、新世界。

人生百態　唯慧眼識迷津

第二輯的兩篇，先似先知指迷津，後敘力出已身品自高。從克羅齊的《美學原理》到朱光潛的《談美》和《文藝心理學》等文學理論的經典名著，都是陳長慶在「明德圖書館」苦練的祕笈。在他開口道來，總是一番大道理，且絕非信口開河。

難得他有這分雅興，和詩人大談女子之美——尤其是以他塑造的《冬嬌姨》為例，揭開大師的面紗，以舉手投足之美，應戰詩人的太極拳式的動態之美；高手對招，高來高去，凡夫俗子，只見嬈嬌嫵媚，令人神往，目不暇給之餘，早已神授魂與，哪管得她飛燕貴妃？

更難得的是，不知陳大哥何時取得了牧師執照，在潛移默化中引蛇出洞，接受了詩人的一番告解；再來一段「愛」的真諦，大有派出天鵝引渡詩人脫離情海之功德。

大致而言，陳大哥的愛情觀還是蠻傳統而保守的。強調的是，她有一個美滿的家庭、有乖巧的兒女、有深愛她的丈夫。陰謀渡詩人的情愛入柏拉圖國；再以藝術家審美之高帽，化解夢牽魂絆的精神之戀。孰不知，曾經滄海難為水，除卻巫山不是雲；感情一道，若是如此易解的方程式，則那來的羅蜜歐與茱麗葉？又那來的梁山伯與祝英台？而，陳大哥在《失去的春天》裡趁著顏琪臥病之際，又與黃華娟共織情網，腳踏兩條船的貪婪，又該如何地解？看來，詩人有的苦受了，被冒牌的牧師如此挑逗與誤導，又何止十八道深淵跳不開！飛蛾撲火、自畫幸福禍餅，到頭來，怎麼昇華的，都渾然不知呢！

至於〈剃頭師〉一文，是陳大哥的社會經歷，其峰迴路轉、驚魂動魄之扣人心弦，實在令人心酸！而其剪破耳垂、剃鬚冒血珠諸事，也頗具戲劇效果，雖不致缺德至噴飯，倒也一笑解尬尷。

當然，職業原本無高下，萬般煩惱只因庸人自擾。陳大哥的跳不過〈剃頭師〉一關，原本是半點不由人，至於禍福幸與不幸，也都是要看各人如何解讀：福兮禍所繫，看那塞翁失馬的故事，也就沒有什麼好計較的了。

想那塞翁走失了一匹良駒，卻帶回一群千里馬；若多好馬憑空而來，卻累愛子摔斷了腿；斷腿的愛子固不幸，卻倖免徵兵萬里戰沙場，保得一家團圓聚。

我是懷疑故事的真實性，卻也佩服說書者的聯想力。

天公疼憨人　壞人卻報應遲

第三輯的〈李大人〉和〈朋友〉是一雙有趣的對照。

〈李大人〉在陳大哥的筆下，可真是拿著雞毛當令箭，滿口依法行政，卻滿肚子男盜女娼；有見風轉舵，也有霸王硬上弓；有道是：閻王易見，小鬼難纏。這一毛二的管區警員，說大不大，不過是芝麻綠豆員；說小也不小，在當時就可讓人入明德班流血流汗一番。

陳大哥鬥這〈李大人〉，雖然高潮迭起，卻有贏有輸：防洩光燈罩被罰了一百二，郵包則拆得七零八落，硬賣他兩本書板回一百二，新招牌又見一千二的罰單，一千二不繳賠了一千四，還動用了政委會首席監察官才得扯平。民與官鬥，大不易；若非陳大哥頗有皇親國戚的路子，光祈禱老天爺開眼，難嘔！我們陳大哥也是等到他調職，才鬆了一口氣；等他撤職查辦，才高呼報應不爽的！

至於陳大哥的四川〈朋友〉，是沒得琢的樸玉。用渾然天成的純樸對照〈李大人〉的奸詐匪類，是陳大哥的費煞苦心。〈李大人〉的讓人防不勝防，碰上了只有認倒楣；〈朋友〉的誠摯樸實，偶而的手足無措，都令人心疼。有感於〈李大人〉的令人恨之入骨；豈不更突顯〈朋友〉的缺乏著人眷顧。

也許今日少了明目張膽的〈李大人〉，但滿肚子壞水的登徒子，刁鑽刻薄、欺善怕惡的非人類，何曾滅絕在人間，真是那日俟得黃河清？

且觀陳大哥的朋友，若非弱智即傻瓜；再不然就是如《午夜吹笛人》之類的非常人，真為難陳大哥了，何嘗不是陳大哥的朋友難為！

時局盡荒唐　一把辛酸淚

第四輯是令人傷感的季節。〈山谷歲月〉是追憶著人間的悲慘世界，〈海明兄〉的那場冤獄，也是戒嚴時期的血淚歲月。

本來〈山谷歲月〉純指陳大哥在太武山谷服務的那段日子，只是全文的主題，在金防部政五組福利部門的「特約茶室」業務；自然就蒙上了一層陰霧。

本文的寫作時間就是國內掀起「慰安婦」風波，又延伸到國軍的特約茶室之際，文中的詩人顯然的是陳大哥抓來的冤大頭；或許，詩人真的問過陳大哥有關特約茶室的前因後果，所以就被請出來為民服務一番；或許是陳大哥為了延用〈木棉花落花又開〉的相同手法，來澄清一些特約茶室侍應生來源的流言。若真是如此，〈山谷歲月〉就要和〈木棉花落花又開〉放在同一輯，比較適宜些。

軍中「特約茶室」是一件走入歷史的事件，陳長慶也曾在他的作品中有所發揮，想明瞭來龍去脈的人，就直接細嚼本文；或有不足，也可以再找出相關作品——《寄給異鄉的女孩》裡的小說〈祭〉、《再見海南島　海南島再見》的王麗美、《失去的春天》裡政戰部的首席副主任和政五組首席參謀官去「庵前特約茶室」的部分，大概就可以一窺全貌了，筆者不再贅語。

至於陳大哥的〈海明兄〉，前幾天，在沙美郵局隔壁的「明昌水餃館」門口，才遇見他和水餃館老闆，正海闊天空地話家常，偶而會高歌一曲，還招呼過去小坐一會兒，只因總有忙不完的瑣事，不能像他那般逍遙自在，真是慕煞人了！

響亮高亢的繚樑嗓音，即使是說話的聲音，也有聲樂家的韻味；當他盡興地引吭高歌時，百餘公尺的周遭，都能聆聽到他那歌劇般的男高音；更常遇見他一輛機車跑天下，其達觀爽朗之樂天派，稱之為「逍遙侯」而實至名歸。

就如陳大哥所言，我們真該稱他一聲「海明叔」。從小看著他川流不息的往來於農村間，四五十年來，多少的人事皆非，倒覺得他益加神清氣爽，何嘗沾惹半點老氣；而無可救藥的樂天如他，就算喊他〈海明兄〉，不獨不以為忤，或許還要大笑三聲，以自已的青春活力為豪。

關於昔日金沙鎮公所那件公認的無頭公案，確也是軍管時期，難以釐清的陳年往事。

或許您不屑提及；其實，時局盡荒唐，一把辛酸淚；真的，不提也罷。

親切宛如自家長者的〈海明兄〉，託陳大哥之言，不祝您萬歲，但願您豪爽硬朗一如往昔，直到永遠。

牽手卅餘載　共譜白頭畫眉樂

第五輯彰顯的是陳大哥的鰜鰈情深。

在〈落日餘暉〉的病中札記中，夫人對陳大哥的關懷之切、眷愛之情，活躍紙上；〈晨露與朝陽〉的牽手漫步於金湖國小校園中，在描繪晨間活動人們的同時，不經意間，夫妻恩愛之情，亦隱現於文字之間。

記憶中，陳大哥的文章裡，很少正面描述到他的夫人。只有在《同賞窗外風和雨》那本散文集，那篇〈牽手同登太武山〉中，著實地描繪了美麗賢慧而恩愛地如膠似漆的愛人西施；如此韻味，讀者諸君，就讓您親自從這兩篇細緻的心曲裡，好好地意會沉醉一番吧！我怕抓不著精髓的轉述，會失去了那好令人羨煞的原味！

一場暈眩症，讓陳大哥感慨良多：他掛念的是心中孕育著不少的文學寶貝，尚來不及問世；而夫人開始懷疑，是不是文章寫多了，用腦過度而造成的後遺症，就成了陳大哥揮之不去的夢魘！夫人一次又一次地問大夫這個問題：陳大哥就一次又一次地，整顆心七上八下地，「倘若醫師說：『是』，或許我的文學生命勢必因此而宣告結束，我的名和姓也將從讀者的記憶中慢慢地消失，這是一個文學創作者最不願見到的一件事。」

由此可見，陳大哥是何等地尊重夫人的。

直到榮總的醫師告訴他們：「暈眩」與「創作」無關，「動腦」比「不動」好。一向不喜歡吃藥的陳大哥，此時聽到醫師說吃完藥病就好，不但不再排斥吃藥，還在心裡吶喊著：我是相信的。

由此，可以看出陳大哥是如何地，嗜愛文學更於生命的。

我手寫我口　真心話更無價

第六輯叫做「心裡話」。

胡適之博士曾有一首短詩，好像是：清晨／我站在屋簷上／呀呀烏烏地叫著／人家說我是　不吉利的烏鴉／我卻不知道／如何呢喃地討好。

這兩篇散文，本是躺在電腦硬碟角落的兩個檔案，是陳大哥有感而發的隨筆；被發掘出來後，列為本集子的備胎。

一者，不忍〔咱主席〕無官無兵、孤家寡人地成為陽春主席，或因而被人附會曲解；二者，白話文學主張「我手寫我口」，心裡有話不敢說、說了不敢寫、寫了不敢刊，讓人誤會今夕何夕？三者，或許更需要強調「我手寫我心」，在假話充肆天地之間的今日，難得有幾句真心話；保留原始面貌，真心話價更高，就如此罷了。

感嘆的是人間事，或者是「為長者隱」吧！文中並未曾指名道姓，就是希望不會有人自願對號入座；也許這也是「另類寫實」吧！

真心話，留下來！您以為呢？

陳氏風格——故事化的散文

關於陳長慶這個人，既沒有傲人的學歷、不曾上過什麼大學堂，更未曾出國鍍金、喝過一滴洋墨水；在時空限制、因緣際會之下，他的初中一年級學歷，卻奠定了文學生命的根基；又逢戰亂變局，未受足正統教育，卻給了他更大的揮灑空間。今天，得有著作等身的成就，完全是靠一字一句，一事一智，自修苦讀，戮力向學；正是經年累月、日積月累，涓滴匯聚、積沙成塔，合水成河、納百川而成大海的成果！

民國五十二年擔任福利部門的雇員；此刻，正是他人生的轉捩點，上班之餘，他把時間全消磨在「太武營區」的「明德圖書館」，好像古時候的秀才一般，夢想著「十年寒窗讀書苦，一舉成名天下知」的榮耀；思往鑑今，果真是皇天不負苦心人，「讀熟唐詩三百首，不會做詩也會吟」的陳長慶，真的是在金門文壇闖出了，屬於他的一片天空！該他的桂冠，就榮耀他吧！

期間，陳長慶也常常到「特約茶室」去督導相關的業務，不但將「侍應生」的心酸血淚寫入了他的作品；當前一陣子，「軍中樂園」存廢成為立法院及媒體熱門話題時，陳長慶也老來俏，成為媒體爭相採訪的對象呢！

民國六十一年，陳長慶經過會計的歷鍊，晉升經理；同年六月，他的處女書——《寄給異鄉的女孩》，散文、小說、評論合集，由作家林佛兒的林白出版社初版發行；立刻成為暢銷書，八月隨即再版。次年，不但長篇小說《螢》跟著誕生，更因緣際會地催生了《金門文藝》雜誌，成為陳長慶深引以為傲的一件傑作。

民國六十三年，陳長慶棄文從書店，一直到民國八十五年復出；在他的文藝生涯裡，先後用十一本書見證時代、見證一個酷愛文學的生命。所以要找陳長慶的「喳」，只是要告訴大家：將相本無種。有道是：英雄不怕出身低。只要如此這般，能給青年學子絲毫啟示，或許陳長慶不會責怪：讓他「現醜不是醜」了。

陳長慶的小說蠻寫實的，那是他以家鄉事物為內容，敘事寫景也就馬虎不得，否則他的鄉土性就讓人懷疑了！

他的散文也是敘事的多，都是有主題情節的。有人寫詩像散文，美其名叫「散文詩」；如此類推，陳長慶的散文寫得像故事，到底叫「小說散文」、「故事散文」，還是「小說化散文」、「故事化散文」呢？

早年在讀陳長慶的《寄給異鄉的女孩》時，曾把他散文部分的一篇〈秋風——譜成的戀曲〉，移到小說部分去討論，似乎沒有聽過他異議；近年來，小小說、極短篇，雖是流行過了。散文、小說的分野似乎也沒有什麼嚴謹的定義，反正都是文學、文藝嘛，沒什麼好爭的，也就見仁見智了。

把可以寫成小說的情節，拿來用散文的方式經營，似乎是他的習慣，就叫它做「陳氏風格」吧！所以，試說陳長慶的散文，也就成了細說散文內的情節了；不知是我誤解了陳長慶，還是陳長慶誤導了我？或許是，大家一起誤吧！

原載二〇〇二年十月十七日《浯江副刊》

童養媳的情慾孽緣

——剖析《冬嬌姨》的故事背景及其情慾世界

白翎

陳長慶的第十本文學創作——《冬嬌姨》，以不到四個月的業餘時間完成了；如果你知道，他整天的時間裡，是獨自一個人照顧一家書店，顧客上門時，包裝找錢，哈腰道謝；舊雨新知串門子時，大都是聊個不知天昏地暗的；自已及一家人的三餐，菜米油鹽醬醋茶，那一樣不是一手掌握的專業「家庭煮夫」；剩下來的業餘時間，只有在白天極其有限而零碎的空檔中、忙裡偷閒地在櫃台那部電腦的鍵盤上、用大易碼去拆字組合、一個字一個字地敲出這部有血有肉、有情有淚的《冬嬌姨》，為故鄉另一角落的人們，留下歷史的見證。

他的鄉土選擇與對寫作的執著，實在是值得記錄的！相對於三年來的「每年一書」，《冬嬌姨》的「每季一書」更值得記錄！期待他持續以「趕業績」的態度，不但早日催生

「春花、秋蓮、冬嬌姨」後的壓軸好戲「夏季篇」，更使計畫中的「陳長慶全集」如願等身！

《冬嬌姨》的故事背景

《冬嬌姨》一如他的其他作品，描繪的對象仍然是早期的浯島子民。故事的時空，約為五、六十年代，做為童養媳的冬嬌姨，從做大郎、尪下南洋、守活寡、撐門面，是早年浯島屢見不鮮的事例，是當年島上飛沙走石、無以維生，而不得不的選擇；古代文人筆下的商婦怨——商人重利輕別離，望穿秋水等嘸人；變成了今日陳長慶筆下的新婦怨——為求生計走南洋，新郎一去無蹤影；這是時代的悲劇、島民的無奈！到後來演變成討客兄、跟北貢跑的下場，在當年亦非少見，與其他同歸於盡的案例而言，陳長慶自有異於常人的註腳，雖是見仁見智，毋寧是較人性化的處理方式！

一、童養媳的古往今來

童養媳的風潮，在早期的浯島，有其流行的時空背景。不同於名門望族的講究門當戶對、郎才女貌；一般人家，尤其是堪稱清白的農村，在傳統、時俗、適應性及人力資源上，都有現實方面的考慮，是童養媳一度盛行的主因。

由於「重男輕女」的傳統觀念，大家都努力生育兒子，以期完成傳宗接代的神聖任務；如果不生個兒子，好像無臉面見列祖列宗，如此努力打拼的結果，女多於男的家庭，自然不在少數，生活養育的沉重負擔，提供了童養媳不疑匱乏的「供給」面。

男大當婚、女大當嫁。兒女的成家，常常是為人父母牽腸掛肚、念茲在茲的大事；但是，娶媳婦不比嫁女兒，往往是一項很沉重的負擔：尤其是早年的「三八」聘禮、宴請鄉親的習俗，在收入有限的農村，總還是一筆不小的支出，以童養媳做大郎，也可算是一種預防性的儲蓄，可減輕臨事時的壓力負擔。

再者，做大郎的男女雙方，由於長期相處，既使未必日久生情，至少相互間有較深入的瞭解，在彼此的適應上是先瞭解再結合；婆媳之間，也因有養育之情，更易於融洽。家庭成員間的瞭解、疼惜、愛屋及烏的心情，成了歡樂家庭的鐵三角。

最後以農村的需求而言，人力資源是很重要的。可以多一對腳手，更是屬於長期性的資源，對於極依賴人力的農家而言，是很穩定的很渴望的安排。以上是早年童養媳流行的時空背景，如今卻未必盡然。時潮的變化，可是半點不由人呀！

現在的為人父母者，講究的是子女教育的優質化，不獨是「男孩女孩一樣好」，更甚者是「娶個媳婦，少個兒子；嫁個女兒，多個兒子」時代的來臨，貼心的女兒扭轉了「重男輕女」的傳統，柔軟的力量最剛強！柔能克剛，誠不欺我！

二、所謂的「白色恐怖統治」

作者在《冬嬌姨》的第二章，有如下的一段敘述：

在戒嚴時期白色恐怖的年代裡，民主和人權是不存在的，人民的尊嚴，猶如畜牲般地被當權者踐踏；言論沒有自由，行動沒有自由，上天賦予人類的思想，竟然也失去了自由！

如果把「白色恐怖」定義為「民主和人權是不存在的，人民的尊嚴被踐踏，言論、行動、思想的自由都失去了！」走過這段戒嚴道路的人們，都一定心有戚戚然，但是，大家也都不願意，再回頭去揭歷史的瘡疤！走過軍事統治的人們，從村指導員到副村里長的統治，大家選擇了「記取歷史教訓，忘記心靈仇恨」的療傷止痛，維持軍民共生共存的局面。善良的人們啊！這到底是身為金門人的悲哀！還是身為金門人的無奈！

早期的白色恐怖有兩條主軸：「反共有理的無限上綱」和「領袖形象的無限神化」。反共無限上綱的結果：只要扣上「匪諜」或者是「共匪的同路人」的帽子，必然永世不得翻身；等而次之，掛上個「思想有問題」的牌子，不死也脫層皮，禍延子孫更不在話下。

領袖神化的結果：箝制了人們的思想，言論定於一尊，無條件擁護領袖是愛國，異議就是造反。最後的結果，就是產生了一堆將愛國無限上綱的「愚民」。

如是觀，白色恐怖成為爭權奪利者，用來剷除異已的武器；所以會波及嗷嗷待哺、只求溫飽的善良子民者，便是那群手握雞毛、假傳聖旨的跑腿人：《冬嬌姨》書中，那群以查戶口為名，行查違禁品之實者；現今社會中，屢見不鮮的未審先判、先抓人再找證據者，不都是同流之輩嗎？他們學會了，把白色恐怖無限上綱；藉此挾怨報仇、掃除不順眼者，也把個人仇怨寄生於白色恐怖中。

白色恐怖者，可惡極了！無限上綱者，不可惡嗎？

三、「桃色糾紛」與「禁區」

早年國軍初抵浯島，先後經過古寧頭，大二膽等戰役，在退此一步便無死所、置之死地而後生的拼戰後，總算是大勢底定，演變成國共對峙的局面。

當時的國軍，並未有軍營的設置。所以，鳩佔鵲巢式的強據民房，也就成了必要之惡；屋主被迫到小房間去擠，客廳等較大空間，清除後，變成大通舖，駐上整班整排的軍人；等而次之，連大門板都被拆掉了，成了防禦工事的材料……，如此，軍民雜處、利害衝突，不產生糾紛才怪！只是，在主其事者的高瞻遠見下，接到借條的老百姓，也只有共體時艱、同赴國難了！

在被尊稱為「現代恩主公」的胡璉將軍，倡導「軍民一家」的善意操作下，人力資源的互通有無，倒是維持了不錯的和諧局面。《冬嬌姨》書中已是軍營獨立門戶的時期了，但相對於早期的水乳相融，此時期的軍民糾紛，尤其是男女間的桃色糾紛，更有嚴重惡質化的現象。書中的冬嬌姨土灶爆炸事件，倒成了較輕微的次要案例；更嚴重是，未能如願的癡情漢，用沒有明天的激烈方式，處理他們的不如意：同歸於盡的手榴彈投擲、你死我活的機槍掃射……等血肉橫飛的悲劇，間而偶有所聞。

為了預防這類血腥事件的重演，採取了不同的因應措施：用所謂的「禁區」，禁止軍人出入某一些定點，以降低糾紛事件的可能；藉由軍隊的內部情報的反映，壯士斷腕似的隨機性調職，以防止火花的爆發……。以《冬嬌姨》故事情節的發展，這兩種手段雖沒有產生預期的效果，倒也沒有發生預料的不幸，應屬作者人性化的佈局。

此外，軍用罐頭在《冬嬌姨》書中，也多次現身：副官用酸菜罐頭來討好；營長用豬肉罐頭償還修改軍服，不收工錢的人情債；雖然在等級上是有高下之分，但他們的觸犯軍法並無不同。這種在民間，有錢買不到的罐頭和乾糧，「在軍中堆滿倉庫，寧願讓它腐蝕、讓它被老鼠啃食，也不能買賣和送人」是有點矯枉過正。如果還要被冠上盜買（賣）軍用物質的罪名，移送軍法論罪——身處戰地的老百姓，也同樣享受軍法的待遇，那才是嗷嗷子民的最大悲哀！

後來，軍方採取了，軍用物質剩餘繳庫退錢的方式補救，聽說效果極差；流落在外的軍用物品，總是遠遠超過繳庫量，因為他們還是害怕，繳庫的後果，是減少配發的數量——用不完，就少配發一點。有時候想一想，人性的弱點，也是蠻有趣的！

《冬嬌姨》的情慾世界

《冬嬌姨》的重心，應是敘述一段軍民的感情事件。冬嬌姨是作者全力描繪的主角，她的情慾世界，更是重心的重心。作者費心地呈現冬嬌姨的愛恨交織、情慾飢渴，用他的生花妙筆，活生生地刻畫出，一個初嚐男女情事，沉醉在肉慾激情的活寡婦，如何度秒如年地忍受著肉體情慾的騷念，如何像極想思春偷腥的貓兒，儘管勉強堅忍與壓抑、終如出柙的猛虎，一發而不可收拾。

讓我們看看冬嬌姨和她身邊的幾個男人，如何上演他們的愛恨情慾、創造出和冬嬌姨間的孽與緣：

一、「引火者」——淺嚐即失的啓蒙丈夫

王川東是冬嬌姨情慾世界的引火者。

他們是青梅竹馬、有情有愛的伴侶。冬嬌姨從三歲就進入王家的大門，像被埋放在土裡的種子，在歲月的灌溉和生活的滋養下，愛情在他們兩人的心中，萌芽、伸葉、茁壯、乃至於枝葉茂盛、大樹成蔭，都應是理所當然的；如果不是作者有意的撥弄是非，硬要無巧不成書地拆散他們，他們的如膠似漆、恩愛終生，應是人間僅有的、羨煞神仙的鴛鴦。

冬嬌姨的情慾世界是由丈夫王川東所開啟的，在給了她甜蜜的感覺，新婚燕爾之際，卻活生生的被棒打成鴛鴦兩離散；這段少女情懷總是春的映象，牽引了冬嬌姨的一生；此後，不管冬嬌姨碰到那一個男人，王川東這個冬嬌姨滿懷情慾的啟蒙者，總是陰魂不散地出現，給冬嬌姨揮之不去的陰影；冬嬌姨的思念之情，轉化為滿懷幽憤：是恩愛是怨恨？是感情是肉慾？是孽債是姻緣？或者是俱備。

二、「過客」——徜徉門外的副官

何景明是冬嬌姨情慾世界裡，過門而不入的過客。這個副官，從修改軍服、包洗衣物、看似無所不談的交心、終至調升他營的副營長而默默地消失了；作者很偏心地限制了他的圈圈，沒有激情、沒有觸電的火花，好像是一段純純的愛，像連手牽手都沒有出現的兒戲；想像中，感情的發展似乎要有所突破，好戲好像要開鑼了！作者就是橫了心腸鐵了鉈，寧願讓冬嬌姨夜裡死抱著棉被、讓情慾的體溫、肉慾的蠕蟲，浸濕了全身的衣服，甚至被褥，還是要冬嬌姨忍受心靈空虛又寂寞的苦痛時光，就是不給副官一次機會，不給讀者一點視覺的快感。

或許是作者安排的醞釀期，為冬嬌姨累積更多的潛在能量，才能在關鍵時刻，發出雷霆之擊。所以藉由高個子的排副和痲子文書的口，在他們對冬嬌姨的挑逗之中，暗示出冬嬌姨和副官的親密關係。我們也只有在其中，體會一下作者描情寫心的功夫了！

三、「憨佛」——壯志未酬的阿志和村指導員

痞子阿志和村指導員是冬嬌姨情慾世界裡，壯志未酬的憨佛。有句鄉諺是這樣說的：憨佛想要吃雞卵胇。用這句俗諺來描繪痞子阿志和村指導員，頗具有神來之筆的傳神味道。

就在川東雜貨店歷經土灶爆炸的驚魂事件，再被列為軍方禁區，冬嬌姨的生意一落千丈，婆婆虎母快仔撒手西歸，幸得表哥將阿忠過繼給她的慘澹歲月裡；發生了村裡的歹囝阿志，利用一個風雨交加的夜晚，意圖強暴冬嬌姨，她的關鍵一蹬，擊中了阿志的下體，解除了此次危機。

村指導員的事件則發生在憲軍壓境，意圖搜索冬嬌姨家中，尋找營長盜取軍用物質的證據，以為可以抓到大魚，沒想到大費周章、翻箱倒櫃之後，只找到了一罐鰻魚罐頭，失望之餘，只好將冬嬌姨以私藏軍用罐頭的罪名，交由村指導員處置，取得下台階；村指導員在傳冬嬌姨到村公所之時，趁四下無人，大施祿山之爪，被冬嬌姨以潑婦之姿，義正嚴辭地悍拒，嚇得送走瘟神似的放了冬嬌姨。

或許，在痞子阿志和村指導員的想法裡，冬嬌姨的活寡生涯甚是難挨；妄想解人之苦地佔上一番便宜，還以為自已是功德一件；豈料冬嬌姨不吃這一套，任憑慾火焚身，也是有所抉擇，也是有所不為。也是作者意圖表達，冬嬌姨的「討客兄」是被流言逼上梁山，終成事實的無奈。

四、「入幕之賓」——真命天子的營長

營長是冬嬌姨情慾世界裡，夢裡尋他千百度，驀然回首，卻在燈火闌珊處的真命天子。

大凡主角現身之前，必先由配角跑場。矮仔士官長就是這個跑龍套者。先由二十出頭的矮仔士官長，和阿忠建立交情，混識攪熟之餘，帶著營長來修改褲子，接著就是：不收工錢、送豬肉罐頭、請吃炒米粉……連串的接觸，加上矮仔士官長這顆電燈泡的適時滅亮、迴避，好戲自然持續上演了。三番兩次地，冬嬌姨的雜貨店成了營長的小廚房；吃喝之餘，加上催情酒的助興，天雷勾動地火、乾柴遇上烈火之際，精采好戲眼看就要上場了；或許是好事多磨，或許是作者要塑造冬嬌姨是流言受害者的形象，硬是要冬嬌姨給煞住了！

急轉直下的劇情是，營長被調到師部坐冷板——當參謀。

冬嬌姨歷經臨檢查到鰻魚罐頭、村指導員威逼利脅地調戲、舅舅聽信流言坐實她越軌討客兄的質疑、連阿忠都可能被要回去……等連番挫折，讓她對自已的固守最後一道防線的堅持與代價，產生了莫大的動搖。

其間，營長不時地藕斷絲連地重溫舊夢，討論過流言、舅舅的質疑，作者終於完成了冬嬌姨被動地討客兄的布局。產生的轉折是；營長清洗盜取軍品的冤曲，調任師部直屬營營長；部隊移防後方的時機，讓營長籌謀了「走為上策」的計畫；冬嬌姨也在流言烏雲密布般地籠罩下、在營長的承諾交心下、在即將遠走高飛之際：把心防全撤了、孤注一擲地把自已毫無保留地交給了營長。冬嬌姨，終於討客兄了。冬嬌姨，找到了她的第二個春天了！

情慾飢渴的「冬嬌姨」

《冬嬌姨》的全文中，作者安排了冬嬌姨和營長有三場激情的對手戲：首先是在冬嬌姨的生日之夜，家庭式的餐會中、阿忠飽食先就寢後，在酒精的推波助瀾下，彼此開放了豪情，情不自禁地進了房間；就是被冬嬌姨煞住的那一次。

其次是在營長調任師部參謀後，第一次回到川東雜貨店。在臨午少有人上門、阿忠又回舅舅家的空檔裡，懷著小別再相見的激情，就在店裡貨物架後方的隱密處，兩人如膠似漆、乾柴烈火般地纏綿著，卻被前來買煙的宋班長給撞散了！

大功告成的一次，是冬嬌姨跟人跑了的前夕。那時，舅舅的質疑、阿忠將被帶走的疑慮、遠走高飛的計畫定案之際，營長門了雜貨店的大門，冬嬌姨也如流言般地討客兄了！

再來看看冬嬌姨面對心儀男人的情境，首次見到副官時：

當她的手拉著自製的布尺環過他的腰，卻聞到一股熟悉而成熟的男人味，她的心一怔，猛而地抬起頭，看了他一眼，一朵美麗的彩霞從她的頰上掠過，眼前這位陌生的男人隨即幻化成王川東的身影，讓她喜悅異常。

而當矮仔士官長帶營長，來修改褲子的第一次會面時：

佇立在眼前的是一位溫文儒雅的中年軍官，冬嬌姨為他量了腰圍，量了褲長，卻情不自禁地多看了他一眼，他濃眉大眼又留了一個小平頭，顯現出一副英姿煥發的革命軍人氣概。中等的體形，雖沒有山東漢子的魁武，但全身上下卻散發著一股中年男子獨特的魅力。以前那位山東副官，或許要略遜他一籌，而對著這個男人，的確讓她的心兒怦怦跳。

情慾飢渴的冬嬌姨，看到副官時，幻化成丈夫的身影；看到營長時，比副官更勝一籌而心兒怦怦跳。

作者用漸層的手法，描繪冬嬌姨對首次見面的男性，隨即產生如此的情慾印象；不正顯示出冬嬌姨，因新婚丈夫的離去，難忘曾有的短暫歡樂，使她罹患了嚴重的的情慾飢渴症嗎？

此外，作者前後費了不少的筆墨，突顯冬嬌姨對男女間歡怡的懷念：連村人火仔牽母牛來找虎母快仔的牛港交配，都逗得冬嬌姨心神不寧的遐思，大做白日春夢；更遑論面對心有綺念的副官及營長、和在言語挑逗、甚至肌膚之親後，怎不讓冬嬌姨心猿意馬、春心盪漾，更而澈夜難眠？

道德性，一直是陳長慶難以掙脫的束縛。或許，也正是他潛意識裡極欲突破的一道牆。

在《冬嬌姨》裡，他要呈現守活寡的冬嬌姨，討客兄、跟人跑了的往日舊事。這些塵封往事，固然是事實；但道德的陳長慶，仍然是情不甘意不願地讓他筆下的人物，披著道德的外衣，去做違背道德、卻可能是合乎人性化的醜事。所以，他不厭其煩地提醒讀者，是村人們不停地說，流言不停地污衊著，所以冬嬌姨在堅此百忍之餘，只有隨波逐流了；所以冬嬌姨在最後一刻才會誤人歧途！

但是，陳長慶還是要去舖路，所以他還是必須用許許多多的片段，去揭露冬嬌姨的情慾世界、去陳述冬嬌姨難以違抗的宿命、去訴說更多的風風雨雨；如果陳長慶認為如此轉變，是他文學生命裡的屈服。我們不禁要說，這可是做為一個寫實作家的他，走上了真正的寫實之路，掌握了寫實的真諦，為時代的小人物畫像。

原載二〇〇二年六月十五—十八日《浯江副刊》

與魔鬼共織的少女留台夢
——探討《夏明珠》的悲劇角色

白翎

做為金門日報浯江副刊編務大革新中，「小說大展」的乾坤第一炮，陳長慶的第十二本文學創作——《夏明珠》，終於在五月一日和廣大的讀者們見面啦！

《夏明珠》同時也是陳長慶「四季書」的壓臺之作，和他的《秋蓮》、《春花》、《冬嬌姨》並列；曾是我再三的催促，尤其是《冬嬌姨》問世後，幾乎成了我們每次見面時，我必須提出的話題。

他的「四季書」寫作的先後並非依季節順序：《秋蓮》完成於一九九八年五月、《春花》完成於二〇〇一年十一月、《冬嬌姨》完成於二〇〇二年四月、《夏明珠》完成於二〇〇三年四月；除了《秋蓮》和《春花》的間隔較長，而「四季書」的構思還是在《春花》寫作前後的，大致上還是每年一書，對於一個業餘作家而言，這已經算是多產啦，何況是終日在書店裡，和書報文具銅臭追逐的陳長慶！

秋、春、冬　各有擅場

做為一個號稱是「鄉土作家」的陳長慶，他小說的場景絕大部分是在浯島家鄉——《秋蓮》的上卷在高雄港都、《夏明珠》留台夢的落點亦在港都，則屬異數。

一、哀怨歹命的剃頭女郎——秋蓮

高雄「日日春理髮廳」的理髮小姐——秋蓮，能成為為陳長慶筆下的神氣活現的人物，絕非偶然：關鍵不在理髮小姐，而是剃頭這門行業；因為陳長慶亦曾是名正言順的剃頭師傅，讀者們有興趣的話，不妨去看一下他的那本散文集——《木棉花落花開時》，裡頭的那篇〈剃頭師〉一文，就能明白他的信手拈來，皆是行話啦！

《秋蓮》分為上下兩卷，上卷——〈再會吧，安平！〉寫的是一九六五年陳大哥因公赴台，在高雄因理髮而結識了秋蓮，兩人因而在愛河畔、萬壽山展開了一段轟轟烈烈的戀情，在偌短的時日裡，更是玉種藍田，留下了後續的伏筆。

下卷——〈迢遙浯鄉路〉，時序來到一九九八年的花崗石醫院，陳老頭就醫時，意外遇著見面不相識的骨肉，在一番抽絲剝繭下，上演三十多年後的團圓戲，但是，美好夕陽的黃昏，卻只是暗夜的前奏曲；一家人相聚時，竟也就是天人永隔的剎那！淒慘啊，這正是陳氏悲劇小說的風格。

三十多年的秋蓮，歷經了短暫甜蜜的愛情、鱸鰻老馬的強暴而屈身為大哥的女人、老馬病死綠島及獨力撫養情人的骨肉、至其醫學院畢業後以賣檳榔度餘生；喜獲佳音，外島萬里會夫時，卻只能送夫上山頭：人間慘事，還有幾番若此！

哀怨歹命就成了秋蓮的宿命。

二、永遠豔麗的玫瑰——春花

在陳長慶的小說裡，《春花》是唯一活在現代社會、而不是回敘早年生活的小說；我曾對陳長慶說過，他的小說讓中古的金門人，看起來有似曾相識的熟悉；但是，對於年輕的讀者群而言，新鮮將會多於感觸。那麼，《春花》應該是難得的例外。

陳長慶本著他批判早年戰地政務體制的精神，在《春花》這本小說裡，嚴厲地批判當前的選舉文化，及社會的拜金現實。連龍套似的男主角的命名，都是含意深遠；「空金」

這位高職農科畢業的農村青年，在小說裡只是一個被擺弄的角色，只是農業社會的最後一個純樸，是被燈紅酒綠的浮華現實所俘虜的純樸；矮古伯仔也不過是消磨殆盡、即將消失的古意；馬哥這位多金的中年男子，正是現今社會吃香喝辣、有錢萬事通的當紅炸子雞。

林春花是現實世界的化身，從酒國花魁、議場之花，竟然還能還樸歸真的成為相夫教子的農家婦；從以「某大姊」委身空金、離異而成馬哥的黑市夫人，最後又與空金覆水回收的破鏡重圓。不知是陳長慶獨厚這朵玫瑰，還是空金真的別具「空」格，就在讀者的一念之間啦！

小說從林春花為了參加選舉湊錢花用始幕，到尾聲的林春花拒收選舉財，倒是首尾相呼應的；針對選舉的一些描繪，也有一針見血的似曾相識，甚至林春花的角色，也並非陌生；畢竟，小說總歸是小說，誰也不必去對號入座，大家就別去管它，玫瑰是種在花園，長在叢林，還是掛在懸崖之中？

三、走出空閨的怨婦——冬嬌姨

《冬嬌姨》是陳長慶最速成的一本小說。

早年浯島飛砂走石，謀生不易；年輕人多出外就業，所謂的「落番」，從呂宋到東南亞一帶，都有不少浯島人的足跡。三十八年國軍轉駐浯島，之後的大量植林，造就今日綠化的金門；《冬嬌姨》描敘的就是獨守空閨的怨婦，和駐軍因接觸而引發的情愛火花。

這是陳長慶布局最完整的小說。我曾對陳長慶說，他的小說有跑單幫的，故事由主角出發，單線進行，即使有配角，常是輕描淡寫的；有的是有布局設計，但是有點像一棵樹，和樹旁的幾株小草；《冬嬌姨》的人物布局，猶如國泰人壽企業識別造型的那棵大樹，不獨枝節分明、主幹支幹各得其宜；加上綠葉如茵，濃密樹下好庇蔭，尤其更能發揮「綠葉襯紅花」的效果。在陳長慶作品中，是除了《失去的春天》外的另一佳作；而《失去的春天》的好，則在人物描繪的生動、景物讓人如身歷其境、富有高度的真實感、情節發展彷彿記憶中，是一部著力甚豐的力作；尤其是我個人曾旁觀了整個孕育過程，更是格外的倍感親切。

《冬嬌姨》也是描繪最生動深入的，尤其是在揭發冬嬌姨的情慾愛慾上，作者花了不少的功夫，深入了冬嬌姨空虛心靈的深處，有內心的掙扎，有沾雨著露的喜悅，更有如魚得水的歡樂高潮。

這些論點，我在該書前的書評代序已有詳細的分析，不再贅語。

《夏明珠》的悲劇角色

《夏明珠》的故事情節，在當年稱之為「少女留台夢」；曾是多少父母心中永遠無法弭平的痛。說是誤入叢林的小白兔也好，說是初生之犢不識狼也罷，說是「夢」則是最妥貼不過的啦！

人類因夢想而偉大！這是多麼吸引人的一句話。的確，人類歷史上許許多多的發明，都是源自突發奇想的。那樣的夢，它的對象是事是物；如果對象成了人，那麼勢必平添無限的變數！如果對象是披著外衣的狼，夢境就會變成陷阱，美麗的空中樓閣，無異是海市蜃樓啦！與魔鬼共織美夢的錯誤，會有怎樣的下場，實在是令人不敢想像。

《夏明珠》就是與魔鬼共織美夢的一個樣版。那位剛從醫學院畢業的少尉醫官——王國輝就是那個魔鬼！已經有了一位端莊婉約又秀麗的女朋友，正等待著他退伍後一起出國留學的他，在初次見到夏明珠如此清麗貌美的佳人時，竟為了要暫時紓解一下被壓抑的情緒，把夏明珠當成目標獵物，定位為「心靈空虛，孤單寂寞時候的臨時伴侶」，這是王國輝的獸性；而陳長慶又賦給他怎樣的人性呢？「王國輝想著，想著：為什麼一個受過高等教育的醫科畢業生，也是未來懸壺濟世的醫生，竟然會有如此的思維？於是他低落的情緒不斷地往下沉，沉向一個不齒又矛盾的世界，沉向一個無恥又下賤的深淵裡。」

陳長慶就讓他就在人性和獸性之間掙扎，卻又讓他的獸性凌駕人性之上，如此的內省，在小說中出現了無數次——這也是陳長慶的掙扎。相信人性本善的他，寫不出萬惡不赦的狠角色，只有自慰似的安排了一隻有良知的狼，聊以自慰地暗示：他有良知，只有他的良知暫時被蒙蔽啦；他無心為惡，只是「枯燥乏味、單調又苦悶的軍中生活」，逼使他去和夏明珠玩玩；然後，揮一揮衣袖，不帶走一絲雲彩地解甲歸鄉去。最後，讓他偕女友飄洋過海，「全身而退」地淡出。

於是，夏明珠就無辜地成了祭品。自以為尋到一位如意郎君的她，放棄了對在台求學少東的綺夢，享受著王國輝眼前的愛情、現實的情慾；所以，好友秀菊和雇主罔腰姑仔的警語，都被置之腦後，這是陳長慶要表達的「少女的無知」；而夏明珠的堅信王國輝對她的愛情，和執意要生下腹中的胎兒，以及後來的堅決不接受林森樑的求婚，則是「少女的執著」；隻身赴台覓情郎而不可得，寄居翠玉姨家而去加工區做女工籌措生育費用，咬緊牙根面對現實的夏明珠，表現出「少女的堅強」；在颱風之夜的流產，父親的棄世，以女子之身承繼農耕，則是「少女的苦難」；陳長慶又塑造了一個悲劇角色，一如我在為他的第一本長篇小說《螢》再版序的標題——〈頹廢中的堅持〉，這回，《夏明珠》則是是十足的「苦難中的堅持」。

這樣的悲劇事件，在當年曾一而再，再而三的上演著；面對那些信誓旦旦的愛情謊言，那些自稱是大商行大工廠少爺的狼，矇騙啦一位又一位的夏明珠：像《夏明珠》的遭遇，尚能全身而退，還算是「不幸中的大幸」；有的被棄之如敝履，任其自生自滅；有的忍辱偷生，承受命運的煎熬；有的就此流落異鄉，無臉再見江東父老；有的被安排在田野間的草寮裡待產，面對探視的鄉人淚滿襟；更有的被戰地政務的枷鎖所制，走不出料羅灣，只能在島外島「叫天天不應、呼地地不靈」的吞淚著………這就是令人無限唏噓的時代悲劇！

目睹戰地軍管的怪現象

在陳長慶的小說裡，總免不了要對早年的軍管現象提出一些批判與譴責，《夏明珠》也不例外，讓我們看看，陳長慶又揭穿了那些怪現象：

一、走後門的求職謀事：所謂的「高官的一句話，或一張紙條」，以當時陳長慶工作的場地，相信看見的總比一般人聽見的還多，那些以什麼乾的濕的女兒妹子，而求得一官半職的現象，如果要說沒有，反而令人詫異！所以一般的草民，在走投無投之下，也只有忍氣吞聲，自艾自嘆啦！雖然夏明珠是沒有門路可走，只得去撞球場當計分小姐，但她從副組長手中拿回的禁書，不就是走後門的一個例子嗎？

二、港口聯檢的肆無忌憚：每當有船班來到，海灘上最常見的景象是：從登陸艇搶灘復活的死老百姓們，提著大包小包的行李，排著偌長的隊伍，彷若在海沙中留下的那兩排深深的腳印，等候在鐵絲網出口之前，接受翻箱倒櫃式的徹底檢查，一包包綑綁得結結實實的行李，打開後被一件件的抖落，然後呢，怎麼拿回家，那是你家的事啦！本來提在手上的行李，檢查後往往用雙手捧著，也不見得拿得走，動作慢了一點，幾聲吆喝還算是客氣的啦。

三、查扣查禁任我行：當年除了對印刷品的管制，因關係貫澈愚民的思想政策，而無限上綱，做得滴水不漏，警總的禁書目錄，足以媲美四庫全書；為了防止有人泅水對岸，尤其對漂浮物品的管制，更是捕風捉影，籃球要管制，保特瓶要管制，所有的充氣用品，無一不須登記列管、定期檢查的；至於郵寄物品的檢查，如甕中之鱉；而聯檢人員對於精彩的查扣品，有福同享的流傳，更是眾人皆知的事實。

四、特權人物充肆：那些「吃肉又吸血的人」指責別人「拿著雞毛當令箭，耍耍威風，整整自己的鄉親」；其實，不過是「五十步笑一百步」罷了。那些反情報隊、一〇一工作組的，都是讓人聞之色變的人物；至於柏楊筆下的「三作牌」——那些儼然「作之君、作之父、作之師」的警察大人們，他們無所不管，無所不訓，興之所至，連看見有人拿個打火機，也要查問你：會不會抽煙？更是不遑多讓；書中所說的委託大採購溜之不付款、玩樂欠賒不付錢、燈光外洩管制，不過是萬中之一罷了。

五、出入境及機船管制：軍管時期為了防止人口流失，及逃避民防訓練，採取了嚴格的戶籍列管、出入境限制，沒有經過核准，別說是人插翅難飛，連一隻小鳥都飛不出去的；飛機船艦都要有所謂的三聯單、五聯單的查核；再透過登記造冊，所以當年能在半夜時分，得以像人蛇般地擠上登陸艇，已是莫大的恩澤，該感謝的人也不止一簍筐啦！

當然，不會只有以上這些引伸說明的。還是去看本文，會有更多的實況報導的。

就文論文，《夏明珠》是批判性勝過文學性的；具備了高度寫真的報導性，或許更吻合了此波金門日報浯江副刊編務大革新，以鄉土性為中心的特徵，充分揭示金門戰地的特色，以及為浯島的昨日留下完整的記錄，當然是金門文壇可以發揮的重點方向。而陳長慶的每一部作品，都正是家鄉角落的寫照；我們期待著：更多陳長慶的作品，讓家鄉有更多不同角度的呈現，也讓我們從這些作品裡，走過昨日的金門，看見今日的金門，而一同向明日的金門邁進。

是關懷，也是期待。

原載二〇〇三年七月十八—十九日《浯江副刊》

尋覓中古金中人的白宮歲月
——導讀陳長慶《烽火兒女情》

白翎

《烽火兒女情》是以因「八二三」炮戰，將學生疏散至台灣各中學就讀而停辦，後於民國四十九年復校時的「福建省立金門中學」為時空背景，雖然前後有七八年之譜，但扣除中間「五年後」快轉的空檔，實質只有前後各一年餘的時間；前面是一段校園裡少男少女的「感情事件」，後面則運用連串的「無巧不成書」將之昇華為生死不渝、感人肺腑的愛情喜劇；只是一貫拿手寫悲劇的陳長慶，不會讓書中人物太好過的，所謂的喜劇只是指結局：滿路的荊棘、一波未平另波又起的苦難，才是陳長慶小說的賣點。

1、釋題

〈尋覓中古金中人的白宮歲月〉這個題目，如果不加以說明，可能會讓一般讀者有「霧煞煞」的感覺——「橫看成嶺側成峰，遠近高低各不同；不識廬山真面目，只緣身在此山中」啦！

「中古」是我經常掛在嘴邊的口頭禪，只因長年服務於歷史悠久的母校，剛回學校服務之時，面對的有自己老師的老師，加上在校的同學，是「四代同堂」的大家族；即使服務超過了二十年，因為學校人事長年安定，還是辦公廳裡最年輕的晚輩，豈敢言老；一直到逾三十年的年資而即將退休之時，辦公廳裡有自己的老師、自己的學生，再加上在校的學生，還是四代同堂，那有倚老賣老的份？所以只有以「中古」來自嘲啦！

這裡所說的「中古」是指《烽火兒女情》故事裡的人物，當年在金門中學就讀的學長們，屈指一算，莫不是已逾半百，或近花甲之年，都是五十以上甚至接近六十的老大哥老大姊啦！這個年齡群的人最思舊；「半百」者「半白」也，既是頭髮半白，已達孟子口中「老有所養」的階段；雖然現在已非「人生七十古來稀」的年代，但是六十年一甲子的歲月，鐵定有不少「彌足珍貴」的記憶，三不五時難免會拿出來「白髮宮女話當年」啦；所以，偶而回到時光隧道中，思舊念舊一番，也是順理成章的常事了！

看《烽火兒女情》也有走入時光隧道的功能哦！不信您試試看。至於「白宮」，絕非美國總統布希辦公的地方，而是指金門高中的禮堂。本來是戰地政務委會員的「中正堂」，是用來做電影院的，類似現在軍中的「文康中心」，當年都是題字為「中山堂」或者「中正堂」。當電影停映若干年後，大概是覺得學校裡有個「中正堂」，真的是蠻另類的；所以把正面上方的「中正堂」三個題字除去，改成燦爛的陽光下，推動時代巨輪的白色浮雕，又因整個正面都漆成了白色，不知是那位才子出的點子，就以「白宮」戲稱，因而相循至今。

想當年，每晚九點在「白宮」前晚點名，因為晚自習被鱉了整整兩個小時，這時在走出教室向「白宮」游移之際，難免要開開口，說幾句話，透透氣！當總值星喊口令時，有時在盡情忘形之餘，尚來不及封口，經常惹得教官大人火冒三丈，那句「什麼最高學府嘛，就是禮堂最高吧」，擺明著損大夥兒是一群烏鴉麻雀的暗喻，就很自然地把大家給鎮住啦！

中古金中人——老金門中學的學長們，當您們看了《烽火兒女情》，就會很自然地打開記憶匣子，一起去尋覓往日學校生活的回憶，命題之意，如此而已；至於，新新人類的「新金中人」，如果你們也想揭開老金中的神祕面紗，了解昔日學長們的學校生活點滴，就一起來看《烽火兒女情》，那又何妨！

2、陳國明：窮要窮得有骨氣

男主角陳國明是生長於農村的小孩。小學畢業那年，恭逢「八二三」砲戰，金門中學在遷校金湖鎮陳坑「陳景蘭洋樓」之餘，再以「化整為零」的方式休校，把學生分散到台灣各中學去，以保有學籍的流浪學生寄讀，繼續未完的學業；但陳國明卻無緣就學，留在農村從犁田的基本動作練起，似乎認命地要做一位「日出而作、日入而息」的「做穡人」。

算是「天公疼憨人」吧！兩年後，因為戰事稍歇，金門中學返金復校；陳國明才得以搭上復校的頭班車。於是，《烽火兒女情》的感情故事就此啟開！

首先上場的救總「公費」事件，只是一個伏筆；為日後的休學，要等賺夠學費生活費再復學，預留著空間。陳國明週日留校清洗衣物，在井邊邂逅二女才是序幕；只是陳長慶並未交代：蔡郁娟這位最純情的女生、雜貨店的富家千金，是如何看上土土的小楞子的？就在陳國明擔任伙食團採買時，蔡郁娟用一瓶「愛心牌」的「麻油豆腐乳」，控制了陳國明的胃，也正式開啟了「女追男隔層紗」的愛情遊戲。

精彩的故事就讓讀者們自己去看。歹死的大姐頭王美雯和最三八的梁玉嬌，怎樣綠葉襯紅花，怎麼像月下老人般地牽紅線，都要讀者們自己慢慢去品嚐，才能細嚼出其中滋味；如果有讀者願意提供「異」見，以筆者多年來評論陳長慶的作品，即使是滿紙盡荒唐，而他一向都是照單全收，從無二言的反應來看，大家可以放心地幫他「整形」一番。因為他不僅有接受批評的雅量，對評論者更是百般地尊重。

美好甜蜜的時光總是過得超快的。

來自農村的陳國明和商家千金是作者安排的貧富對比。第一年因誤打誤撞，失而復得救總的公費；陳國明自忖：第二年再獲公費的機率不高，務農的父母實在也湊不出每學期的註冊費，況且還有每月的伙食費。舉債讀書，只有更加重父母肩上的重擔，更是純樸農家子的不捨。於是，陳國明婉謝了蔡郁娟善意的資助，決定休學一年，用自己的勞力，去賣燒餅油條枝仔冰、去勤耕農作物、去餵養更多的牛羊雞鴨，如果一切順利的話，一年後就可以再回金中啦！

所以會有這樣的想法，是來自早年的庭訓。陳國明如此說：「阿爸，我始終認為，凡事靠自己比較踏實；有多少力量就做多少事。與其以後讓人指指點點，不如現在腳踏實地。您不是經常說：窮要窮得有骨氣嗎？」

基於自食其力的想法，休學只是一道雪；隨後的從軍是則嚴厲的霜。對於蔡郁娟而言，無異是雪上加霜：休學是一年後再見；從軍呢？完全是不可知的變數，甚至是一場晴天霹靂：她壓根兒就不知道陳國明會有從軍報國的念頭，更讓她傷心欲絕的是，竟連陳國明去當兵都還不知道。

五年後的重逢，是情緣未了；老天爺作弄人的是，在重逢的前夕，陳國明剛巧辦妥了留營十年的申請。那一年，兩人信誓旦旦：蔡郁娟做老闆，陳國明就當伙計的「君無戲言」、「言出如山」，彷彿昨日。重逢之時，蔡郁娟已繼承家業，當了老闆；陳國明卻套上了十年的留營，不正是一波三折、好事多磨，又像是遭了魔咒，陳長慶如何解開這道魔咒呢？

已經延宕了五年的這段姻緣，那能再苦等十年的相思？當然不能。陳長慶是破了魔咒，卻付出了不小的代價；世事自古難周全，要打開這道謎底，就請您耐心地往下看；提早掀開蓋子，就一文不值啦！

3、蔡郁娟：其實你不懂我的心

同學們眼中的她是：最純情的女生是：蔡郁娟。

相對於陳國明的風火鍛鍊，蔡郁娟可說是溫室裡的花朵。一年的同學情誼建立堅牢的愛情：他們之間沒有太多愛的語言，卻在一舉一動之間，流露出無限的柔情蜜意；或許是獨具慧眼，蔡郁娟看出了楞拙裡面的誠摯，粗石內含的璧玉。他們的誓言，就是那句平淡的：蔡郁娟做老闆，陳國明就當她的伙計。他們以「君無戲言」、「言出如山」相誓相許，道盡了：世間情，唯「真」爾！

他們這段情緣，如果沒有王美雯這位最歹死的大姐頭敲邊鼓，終將會只是天空中永不相遇的兩片雲，那裡激得出愛情的火花？王美雯不止是這場愛情戲的導演，她更是親自粉墨登場的牽引者。為什麼呢？原來是另有原由的，蔡郁娟和王美雯不僅曾是小學同學，還當過她的電燈泡，為王美雯送過情書；如今，主客易位、投桃報李，王美雯豈有不知恩圖報，卯盡全力，下海相助的道理！至於王美雯為何會大個三兩歲，成為理直氣壯的大姐頭？陳長慶沒點明，因為早年的同班同學相差個三兩歲，是極其正常的事；或許是晚入學，因為當年沒有強迫入學條例；或許是曾經休學過，因為每個人的家庭情況不盡相同；或許是有的人被留級了，因為當年的留級是沒有任何限制的。

一年的相聚相許，對蔡郁娟而言，是一生一世的承諾。是憧憬，更是生死不渝的誓言。儘管陳國明一再迴避感情，裝做二楞子，只拿研究功課做幌子；雖然兩人的課業有實質的精進、有魚幫水水幫魚的具體效果；但是，書本以外感情的契合，更是兩人心照不宣的果實。尤其是蔡郁娟父母的默許，更給小倆口無比堅定的信心，沐浴在甜言蜜意的情海裡。

對於陳國明打算休學一年，賺了學雜費再復學的想法，蔡郁娟像是無法理解，其實是心知肚明的；當她父親告訴陳國明，如有任何困難，都會幫他解決的，蔡郁娟就搶著說：

就算是有困難，他也不會說出來的。正彰顯著他們相知之深。但是相愛的人，必須隔離一年，才是蔡郁娟難以承受的相思苦；所以她想幫助他，幫他付學費伙食費，甚至還要讓她父親先開口的；這一切，都是為了愛，為了相愛不忍分離。

在蔡郁娟的想法裡，光拿錢幫助陳國明，他是不會接受的，否則她豈會以身相許；因此，她顧全他的面子，要陳國明來店裡幫忙，協助照顧繁忙的早市，然後上學放學一路，兩人就此可以同進同出，讓愛情更形緊密滋長，但是陳國明並不認同；她最不能釋懷的是，為了讓他來得及補註冊，特地向學校請假，隻身親赴他家當面求他，「我知道你現在不能跟我走，明天我在學校等你，我會陪你一起去註冊；不必為學費煩惱，我會為你準備一切。聽到了嗎？」更進而說出了內心難以承受的重話「如果你明天不到學校來，我永遠不再理你！」。她竟然什麼也沒等到！

一切只是為了愛！為了愛，她放下了少女的矜持；為了愛，她費盡心思地想解開困難的結；對於她的愛，他竟然無動於衷！所以，當他在復學前夕的登門拜訪時，使了小性子，不肯下樓來見他；等她下樓時，他已踏出大門，他竟連頭也沒回地走啦！陳國明，其實你不懂我的的心！

一個是堅持愛情不要牽扯到金錢，一個是為了愛情不要在意金錢！誰對誰錯？陰陽差錯。這是陳長慶一個很大的蛻變，建議讀者們去看陳長慶的另一本小說——《螢》，您將會別有一番滋味在心頭。

接著，陳國明受到駐在家裡的副官鼓勵下，去報考候補軍官班，他去從軍啦！後事如何發展，有勞您去看《烽火兒女情》！

4、那群眾星拱月的同學們

紅花尚須綠葉襯。

為了彰顯陳國明與蔡郁娟的一心相許萬世情，出現了愛哭的李秀珊和世故的林維德這一對：他們是隔村的青梅竹馬，小學時的情侶，初中時曾生風波，由於大姐頭王美雯的極力撮合而復好；最後的結局竟是勞燕分飛，只是愛哭的李秀珊卻是堅強地接受事實，不再落淚了。

王美雯和梁玉嬌是甘草人物。大嗓門的王美雯，儘管有十足大姐頭的架式，是公認的最歹死，但卻沒有人真正的怕過她，她的熱忱善意，倒是小說中不可少的「橋」；反而是三八婆梁玉嬌，三番兩次的打趣她，假裝要撮合她和陳國明的姐弟戀，鼓吹陳國明去坐「金交椅」；當然也只是三八婆在說笑罷了。

至於號稱「嘉義鱸鰻」的楊平江，儘管想追的漂亮女生一個接一個，倒是扮演了「人性本善」的樣板；那位最美麗的林春花，在不堪其擾的無奈下，轉請陳國明解擾，鱸鰻竟在「古意囝仔」的感化下，出現奇蹟：不但不再吹口哨騷擾女生，還勤勉向學，與陳國明齊步去從軍報國，更不可思議的是：這位政戰官在小說的最後，竟上演了「鱸鰻」開導「古意囝仔」的戲碼，可真應了「世事難料」的「風水輪流轉」啊！

由於陳長慶「不以美麗為號召」，所以林春花的戲分不重，只是龍套人物而已；至於最嫻雅的的何秋蓮，真的是乖巧得很，如果不是陳長慶在後記中帶她一筆，幾乎會讓人忘了她的存在。

學校嘛，總少不了校長，老師的。陳長慶並未隱其名號，或許是有意襯托其寫實的公信力；對於他筆下的那些綽號，相信中古的金中人，還是可以「望名生憶」一番的。由於綽號之中，難免會有褒貶，這倒不屬於導讀之範圍內，也就不會去越描越怎樣的了。

5、虛幻與真實之間

做為陳長慶小說永遠的第一位讀者，難免會有一些感觸。

我曾說過：《失去的春天》是陳長慶的力作：因為裡面有太多他的影子。所以才會說：「因為真實感所以引人注目」、「因為真情流露所以扣人心弦」、「因為真愛所以感人肺腑」。請注意我的用字，是「真實感」不是「真實」；我所以說陳長慶是寫實作家，並未確認他筆下的一字一句都是「真實」的；而是緣於陳長慶總是喜歡在小說中，放進了一些真實的人，或事，或地，或物……，但是並不表示他的小說是百分之一百的真實；反而是真真假假之中，讓人難以置信。

說陳長慶是寫實作家，不知是他誤導了我，還是我誤解了他。只是眼看著他一直斤斤計較、想讓人信以為真，倒讓我深以為戒。

如果陳長慶如此刻意栽入真實，對於他的文學生命、他的小說本質，並不是一件好事。因為小說應該有別於傳記，唯有跳脫出真實的拘泥——是指小說裡不應該有太多作者的真實，小說才會是真正的小說；畢竟，小說是虛幻多於真實的，唯有不拘泥於真實，作家的手中筆才能妙筆生花。

很高興陳長慶在《烽火兒女情》的「寫在前面」寫著：

> 《烽火兒女情》由五〇年代末期延伸到六〇年代，它有浯島純樸芬芳的鄉土情景，亦有學子青春奔放的歡樂氣息，更有一個感人的愛情故事。但讀者們別忘了，它只是一篇小說。雖然部分情節取材於現實人生，而文中出現的某些人物卻是虛構的。我只是依照小說創作的原理，賦予他們生命，讓他們遊戲在人間，倘使有相若之處，

純屬巧合。

這種「情節人物是虛構的，如有雷同，純屬巧合」的聲明，感受到陳長慶將要跳脫真實的拘泥，讓小說更加地小說，給小說更大的虛幻空間，一如給傳記十足的真實一般；正因為小說是隱喻的，才不要有太多作者的影子；小說是反映生活的，當然和現實社會脫不了干係，只是作者要理智些，別把社會的現象都當做自己的經歷，別恨鐵不成鋼地粉墨登台，別忘了作者不盡然是小說中的主角；如此，小說才會更有可看性，也才能瀟灑自如地彰顯主題。

原載二〇〇三年十月廿六—廿七日《浯江副刊》

時光並未走遠，仍在我們的記憶及文字中

——序陳長慶《再見海南島・海南島再見》

張國治

一、久違了，長慶兄！

盛夏七月十六日回到了家鄉，七月二十日在父親的雜貨店鋪前，端起小椅坐下，就著夏晨早起的陽光溫暖讀著《金門日報》，大略掃瞄至「浯江副刊」，赫然發現到「陳長慶」兄的名字及其詩作〈走過天安門廣場〉——兼致古靈，初初真是不敢相信啊！久違了，長慶兄！

一句看似平常的俗語，卻是從心的谷底深遠的喊出，該傳遞多少不堪唏噓的往事？「久違了！」這裡意味的不是故人形影久分離重逢的驚喜，而是文學心靈再相遇交剎的美麗與悸動！一句簡短的問候語，讓我想到民國六十五年第一次邂逅「碧山村」的記憶，讓

我在此複記那一段刻骨銘心的少年歸鄉手稿：

「…………………………。

我來到了碧山正是一個深冬的初夏，你絕沒想到，冷冽的風聲，而我內心卻是溫熱的。在由山外往碧山車子上，從窗子一個角擦出許多塵垢，遙望過去是那一片荒枯，臨島外緣而與大陸故土遙遙相隔的藍藍波浪，還有那些古褐、墨紫色大屋；我也瞧見了那棟廢洋屋，古舊斑剝的靜立在風中，像極了一幅奇異的畫面，古老的嘆息，衰頹的沉寂！

我心彈了一下，碧山！我是一路奔跑過去的，忍不住從各種角度去拍照，透過焦距，歷史歲月的跡線一一掛在那裡。晾掛衣服還輕輕搖動的，廢園輕輕夾雜很多往事，我不知道碧山村是從什麼時候開始了這恬然，遠在島上最荒僻一個角落的遺忘日子；那彷彿是一則神奇。

…………………………。」

那已是民國六十六年八月二十七日再度會晤碧山村的手記了，這一段追記的是前一年冬初晤碧山的情景。結語寫著：「碧山仍然是碧山，它更碧了，遠眺過去都是翠綠的，村子有炊煙開始升起，是午時了，炊煙是不變的往事。」是的，民國六十五年冬，重回風的海島，我叩訪許多家鄉的山村，我的心中如供奉神祉一樣，有著一座美麗的山村，返回臺灣的藝術學院裡，我在賃居的畫室裡用了五十號的油布畫起了我心中惦念的碧山山村，此後陸陸續續……。我拍的家鄉黑白照片，李乾朗先生在他一九七八年元月出版的《金門民居建築》內，一口氣就向我借用了數張，其中就有三張碧山的照片安排在書內，我猜想彼時他也未曾蒞臨過該村，一九八七年我以《在現實與浪漫之間》——張國治故鄉金門攝影展，在臺北名人藝廊展出，李乾朗先生向我訂購收藏的分別是碧山與前水頭的黑白老照片。

碧山村叩啟了我在繪畫及攝影創作上一種無可言喻的感動，更是一種啟示及牽引，這種虔敬誠如法國愛克斯的聖維克多瓦山對於保羅・塞尚（PaulCezame）及阿爾鄉的麥田、絲衫、松樹、鳶屋、雜草之對於文生・梵谷（Vincentvan Gogh）一樣有著特別的意義。

七月廿一日，彩巒和錫南賢伉儷及其公子去店裡接我，問我想去那裡玩？我說想去田埔和碧山，由田埔至大地、內洋、東溪再至碧山，已是夏日午后近黃昏了，幸好夏晝陽光長，我們在微溫夕暉中拍照，彩巒和錫南遇上了熟識，名字叫陳順德的老師，我愉悅的也和他說了些話，說出了我對碧山村的迷戀和一些因緣，並在手記上記下了陳老師碧山村四十號的住址。

隔兩天，長慶打電話給我，說在碧山村我碰到的那位老師就是他堂弟，碧山村就是他家鄉，他要我多多去那裡寫生繪畫，只要喜歡，可隨時去！

久違了，長慶兄！君子之交淡如水，廿餘年水樣般的友情，我何嘗能想像我心中神祕的山村，竟是舊識友人的家鄉？在這純美淨潔樸實的山村，孕育著砲戰後近三十年來，金門第一位出版新文藝文學集子的一顆早熟種子！

二、他只是把《金門文藝》的棒子交予了更年輕熱愛文學的同鄉！

我心中微波盪漾，也興奮異常，看來以後我告老還鄉繪畫創作也有個落腳的地方了！故鄉人不太善於表達自己的感情，木訥和剛直似乎是許多鄉顏的寫照，風沙、砲火和花崗岩層以及傳統民風、禮俗之壓抑，確切影響到家鄉人對表達情感和事物的方式，不僅友情，親情亦如是。廿餘年來，我除了在山外長春書店，與他匆匆而短暫的交談一些文學出版、一般性的問候或者家鄉瑣碎事外，再也不多話，更沒有機會坐下來靜靜喝一杯茶，暢談星光軼聞、文學中的浪漫情事！因為他一直忙著店面生意。有些年，我兩、三年回家一趟，回家也總得到山外走一走，去長春書店，彷彿蓄意要找的就是我年少執著於文學藝術，追求瘦長而孤寂的身影，及遺落的星光……。

民國六十三年我認識了在金門服兵役的年輕詩人黃進蓮，彼時他和朋友在金門日報「正氣副刊」辦〈詩廣場〉，我在其上發表詩，他後來接辦了第六期《金門文藝》，並策劃為〈詩專號〉他要我拿稿交予一位軍官，那位軍官正是當時《創世紀》詩刊社員的詩人許丕昌，丕昌兄與進蓮兄完成了該期的執行編輯，並於民國六十四年三月一日出版，正式推出，成為金門文藝萌芽發展中一劑強心針，許多年輕的金門高中及旅臺大專同學、服軍職的軍官，政要、服義務兵役的軍中年輕作家、臺灣的新生代詩人……等詩稿匯集其上，內容可圈可點！而封面由臺灣國立藝專畢業的設計家楊國台精心設計，據說一個封面就花了八千元印刷及設計費，是由許丕昌返臺休假時帶去印刷的！〈詩專號〉雖然由兩位臺灣詩人完成編輯工作，幕後的發行人則是長慶兄；又據說他一個人出了不少錢。想想，我其實是在那一年才正式認識了長慶兄吧！因為與丕昌見面的地點就是在山外長春書店，彼時招牌是書寫著「金門文藝季刊社」吧！關於〈詩專號〉，我因為迷戀現代詩，無形中也成為介入者，記得那時配合「金中青年社」，我穿針引線也拉了不少同學的詩稿，像林金後、許坤政、許維民、蔡振念等。

民國六十四年，那年六月十四日我離開了島上負笈來臺唸書，民國六十六年由我總編輯的金門旅臺大專同學會會刊《浯潮》第四期在十一月出版。彼時，《金門文藝》在第六期〈詩專號〉出刊之後，由於諸多因素，如人員組成、經費問題及受到外界嚴苛批評後，已停刊了兩年多。黃克全透過好友資金贊助及他自己做扛工的儲蓄，與長慶兄接洽《金門文藝》之編輯出版，並定為革新第一期，長慶兄仍為發行人，社長由克全擔任。克全邀我加入執編，除了負責寫稿，我還提供攝影及封面設計。此期開始在臺發行，也許銷路不佳，無法取得成本；第二期便轉由顏國民接辦擔任社長，我是為顧問，負責拉拉文稿，另設榮譽委員二十五人，長慶兄仍為發行人，但此二期經費已不是由他或原《金門文藝》社員負責，他只是把棒子交予了更年輕熱愛文學的同鄉！沒有他及一些早期《金門文藝》社員的舖路，就沒有我們後來的革新承傳！

隨著《金門文藝》的停刊，也在那些年，我再也沒有看過長慶兄的文章發表……。我不太願意去揣測長慶兄停筆的原因，那些觸及他內心深處隱痛的人生轉折因素。我高興的是他的歸隊，向金門文藝界叩門回歸，一如當初熱情於文藝的赤子心情，少年的多夢！

三、啊！一晃竟然廿餘年歲月指隙間溜過了。

長慶兄在電話中除了告訴我碧山是他老家外，他還微怨我沒打電話給他，他說要我去書店結結我寄賣於他書店的詩集，我早忘了在他書店寄售詩集的事，而關於文學、藝術，這些年在金門我常常感覺走得很寂寥，在臺灣我總還有海內外一些朋友，回到家，卻總有知音者稀之喟，隨著早期友人一個個先後歇筆，我感覺失去了一個橫槊賦詩、舞文弄劍的戰場，缺少了互相切磋研磨，甚至可爭吵、抬槓的機會，缺少了那種可以促膝臥談的浪漫之夜！文藝如果失去了那一份痴心，浪漫的想望，還有什麼興味可言！對我，我從不失去一份好奇、探索及質樸之心，也從不放棄詩美好的想像，豐沛的情感！我敏銳而多感！但我委實不再願意看到《金門文藝》的遲滯沒有發展，或受到漠視！我很難告訴長慶兄我回到家寧選擇人群「退出」，卻從作品「介入」的立場！

再隔兩天，七月廿五日，我帶著我最新出版《帶你回花崗岩島》——金門詩抄・素描集，一路搭公車到山外長春書店探訪他，並寄賣書，一見皤皤白髮束，臉龐卻依然俊俏的他，不勝唏噓！其實從他身上，我自己又何嘗不是看到已不再是少年十七、八立在山外「金門文藝季刊社」（長春書店）的我！啊！一晃竟然廿餘年華歲月指隙間溜過了。如何再去追憶那些似水年華？

四、因為不記，什麼都沒有

他用刀子割下《時報周刊》內朋友為我寫的書介，我說我已經有了。他把它壓在影印機下，請我喝茶，我依舊站立在那擁窄的通道、書櫃檯前，我心想著一些往事，他遞給我兩張千元大鈔，說是賣我詩集的書款，他哪裡賣得掉呢？我知道，這是他對我的一種友情的鼓勵吧！我不拿，他塞在我口袋。他說文學市場不行了，即使九歌、爾雅出版社的書都不行了，他說現在進的每一種文學的書都只有三本，一年也賣不完啦！七〇年代文學書在金門很好賣，一次進十本呢！多年以前，長慶店裡開始轉賣的是阿兵哥用品、學生文具、教科書，文學書籍已退居陪襯了！理想隨著歲月幻滅，文學的熱度隨著時代的變遷減溫！而那位失去文憑，蟄居太武山埋首苦讀的文藝青年陳長慶又在哪裡？

因為前幾天才剛讀了他的詩作，當場即感懷的鼓勵他再寫。「你現在小孩都大了，可以寫了！因為不記，什麼都沒有，人生有多少個二十年呢？」我的意思其實也只是一種身為寫作人的經驗吧！當下生活，當下寫作！對寫作者而言，當下不啻是很重要的，當下生活、當下經驗、當下記錄，許多感覺、情緒、記憶是稍縱即逝的，即使隔了一段時空之後，欲再追述，則時空立場又不一樣了，此時變成彼時了。在寫作的經驗中，我就常常會有許多想寫的慾望而沒有立即下筆，而錯過可以發諸為文的機會！人生一些階段也就形成空白、斷層！更重要的是錯過敏銳多感的青少年，誠然更是一大遺憾！寫作此等事，文學史上多少才華洋溢的作家在青少年時即已著作累累立下了盛名。三十而立之後，在現實繁瑣中，想維持寫作熱度，保有敏銳多感的感覺殊為不易！而過了心理學所界定的人生四十信仰危機，欲想寫作，尤其從事較浪漫題材的寫作狀態，更是不容易！

五、他已為金門文藝留下了一個開拓的足跡

對於十八歲即已開始寫作並在故鄉金門日報《正氣副刊》（即今《浯江副刊》）發表散文及小說的長慶兄，他已掌握到了敏銳多感多思的青少年，在他二十五歲出版的散文集《寄給異鄉的女孩》序文中，孟浪先生稱許他是在短短幾年追求表達心靈意識的文藝創作過程中，他是成長最快的一個。然而，孟浪也說：「我們可從他收集在這個集子裡的作品來看，就可獲得一個十足的證明，從量的方面看，這些年來，他所創作的似乎太少了些；但從質的方面言，他成熟的思想似乎超過他尚未成熟的年齡。有人說：天才是早熟的，或許陳長慶不是天才，但是從他追求知識領域的過程中，他確是付出過很深的痛苦的代價的。」然而無論多深的痛苦的代價，誠如聖經上所言：「凡走過的，必會留下足跡。」長慶兄已擎起一把風中的燈，為金門文藝留下了一個開拓的足跡，為自己跨出了文學一大步。繼《寄給異鄉的女孩》之後，半年之後他又出版了第二本書《螢》的小說集，即已是一九七二年，民國六十一年的事了！

對過了四十不惑之年的長慶兄，尤其是髮鬢早霜的他，（其實他的心很早就老了，在民國六十一年的深山書簡裡，他早已自譬為老頭；深山書簡二——給曉暉內他寫到「雨水

從我斑白的髮際落下」；深山書簡四——給谷丹他又寫到「而又有誰能夠理解到一位經年隱藏在深山中的孤獨老者底心緒呢！」睽晤了廿四年，一九九六年他復出的《再見海南島・海南島再見》小說中，他仍自譬為一個孤獨的小老頭，自此可見他內心的自卑和早生蒼老的心境！）也曾有了一段人生極大的空白時期，他反而沒有活在四十之後對人生信仰的危機，卻如赤子之心寫作起來，復出之後的第一個作品竟是走過故國京城廣場之喟嘆！不再是早年的幽人囈語，自艾自憐，是生命歷鍊後的從容，印證了邱吉爾首相所說的「少年的孟浪、銳利、浪漫，中年的沉潛，穩重！」之人生成長分野。

「就從這裡再出發吧！」我在心裡上告訴了長慶兄，這幾年，我在臺灣持續寫作，近三、四年，我陸續寄了一些稿回到金門日報《浯江副刊》上，回饋鄉土，長慶兄的加入歸隊，不啻又多了一支生力軍，使我不再感到寂寥！

六、時光並未走遠，仍在我們的記憶及文字中

這天，他請他的堂弟陳順德老師當司機，還有陳老師的公子，帶我去溪邊看古建築，我們在復國墩「阿芬海鮮店」午餐及飲酒。他取出珍藏多年的John Walk（約翰走路）威士忌拚命灌我酒，我有些微醺，一直想寫詩給他，卻詩緒茫茫，我望向近處的海岸、漁

村、岬岩岸，思緒記憶飄得很遠很遠，後來微醺中我們又去夏興，看老房子找新宅寓居的為論。

我回到了另一個島，然後透過航空每天晚到兩天的故鄉報梭巡故鄉事，照例讀《浯江副刊》，八月二十二日至二十九日我赴日本前橋市參加第十六屆世界詩人會議日本大會，返回臺灣的居家之後，即刻讀到八月二十七日長慶兄的「新市里札記」之一——〈江水悠悠江水長〉——寫給李錫隆，語言文字表達即使有些生疏，但情感卻十分深刻，尤其提到遠離《浯江副刊》愛恨交織的無奈心情！交織在祖國江輪上遊覽三峽的心情鋪寫中，似乎預言了他要抓住兩岸的猿聲啼叫，不叫兩岸萬重山淡去了心志。

八月三十日刊出的「新市里札記」之二——〈木棉開花時〉是寫給我的，讀後我十分感動，加上他寄給我的照片，竟讓我格外珍惜，然而我想寫給他的詩還未揮就呢？我撥長途電話予他，謝謝他，詩還是要寫出來的，雖然我知道我心中早已有一首無言的記憶長河之詩，可供心靈閱讀、咀嚼！但我還是要化為文字的！我自己說過要當下的呀！我更要謝謝他賜予友誼的溫泉——「約翰走路」的老酒。更期待新市里的木棉開花時，他能把它寫成一首詩，寄給我。我的詩也將在記憶中補輟而成！

七、他走出了經營了二、三十年的書店

〈木棉開花時〉之後，他陸續的發表了「新市里札記」之三——〈武德新莊的月光〉，越寫越沉穩，對當年一起走過金門文藝的友朋，除了慨嘆時光之餘，也共同期勉繼續耕耘。果真，他又寫了「新市里札記」之四——〈棕櫚青青致魯迅〉故國之旅，似乎讓他走出了經營二、三十年的書店，廣闊、遙遠的大地也給予了他源源不斷的題材。自此，我們必然瞭解到現實環境對一位金門鄉親子弟，熱愛文藝之青少年的羈絆，生活的經驗、視野及時空的拉距之於寫作為重要的因素不言可喻。果真，他於九月二十四日發表了《再見海南島・海南島再見》的短篇小說，寫作的時空拉得更遠了，從一九九五年在中國大陸海南島一場故國泥土之旅開始，記憶拉回到一九七一年三月的金門霧季，時空交錯，敘事穿插，前前後後連載了十二天，每天賺取了不少鄉親讀者的淚水。證之他的小說基本功力仍在，如孟浪先生觀點所說：「他的評論比小說好，小說又比散文好。」只是我未曾看過二十五歲以前長慶兄的評論，不敢妄加論斷。《再見海南島・海南島再見》之寫作，對長慶兄而言，想必具有特殊的意義，他的小說背景因為取之於身在金門周遭的現場，因而對於金門的鄉親讀者而言，臨場感特別強，加之他小說男主角又清一色姓「陳」，更使人懷疑他的小說無疑就是他自身故事的自傳、告白或懺悔錄，而裡面的人物也常是輟學的

青年，自艾自憐學歷之不足，更時而以小老頭自居，是內在自卑而又不敢積極與人生或倫理、傳統社會做叛逆、乖違的善良角色，這樣的小說人物刻劃，其實很自然的聯想到長慶兄在小說人物的塑造上，是否已將自己在現實中的遭遇、成長經驗投射在小說人物的刻劃上，藉轉化、移情作用而治療自己生命中所欠缺，所不能彌補的遺憾！從早期日本廚川白村在《苦悶的象徵》一書中所言，文藝源自於生命的苦悶，可驗證長慶兄寫作的動機及背景！文字實為一種治療！

此處不擬特別解讀該小說的文本。十月下旬，長慶兄告訴我，他將整理最近所寫的詩、散文、小說加上早期的作品做為第三本書的出版，書名就以此篇小說命名，此外，他早年的兩本書亦將重印出版。在這第三書付梓出版之前，他特別囑咐我寫序，並與我討論書名，他說《再見海南島・海南島再見》好不好？我何能置喙呢？這篇小說它已陪伴了我許多下班後清寂的家居夜晚，讓我隨著故事變化而心情起伏！

八、他彷彿出鬧的水流，不斷流淌於一向乾旱的金門文藝田疇中

《再見海南島・海南島再見》之後，隔天副刊上發表了他的「新市里札記」之五——〈蚵村掠影向黃昏〉的散文。他的寫作題材已完全生活化，關懷土地之愛、鄉土之情溢於

文字內，已完全迥異於早年「深山書簡」內的瞑思、多愁、善感，長吁短嘆及部份語言文字的輕飄不實。

之後，他彷彿出閘的水流，不斷流淌於一向乾旱的金門文藝田疇中……。他雖沒有山雨欲來或山洪暴發的氣勢，但卻給我們一份驚嘆號！現在，展讀《浯江副刊》，想一睹長慶兄的文稿，竟成為一種美麗的期待！

幾位金門的朋友紛紛向我談及他，那天，楊再平在「金門文化資產維護發展促進會」第一次籌備會議後，我們一起離去，一路上，他提到長慶兄覺得他寶刀未老，功力還很好；洪明燦最近舉辦了「平生寄懷——書法水墨展」，打電話予他，他亦然提到《再見海南島・海南島再見》是十分難得的作品，寫情寫景皆佳，十分深入。許多朋友的文章，最近頻頻在金門日報頻頻相遇碰頭，讓我彷彿又回到了十六歲高中那年開始在「正氣副刊」的戰場！確確然我在這訂報的一年中，讀到了許多舊識友人的文章，我很想告訴長慶：「讓我們為金門文藝再開新頁吧！」人生除了現實生活，我們還有夢！而夢是要去實踐的！

長慶兄，在囑咐我寫序的電話中，他頻頻謝謝我曾對他說過的話，他說他一直記得七月二十五日我在他店裡說過的話：「因為不記，什麼都沒有，人生有多少個二十年呢？」「就這麼記住你這幾句話！」他說。

「不記，什麼都沒有！」我都快忘了自己所講過的話。長慶兄在電話中復交代我序文中要寫長一點，多寫一點，寫詩如我，原只要精簡，短短的就好，那向海的漁村酒店內喝酒看海的日子如一首美好的詩，一頁燦爛的夏日紀事！我想我是該多寫一些的！

九、抱著那款兮夢

在臺灣待了二十餘年，活動於臺灣詩壇、文學界、藝術界也有一段時間了，有時碰到一些在金門服過兵役的詩人、作家，或多或少認識陳長慶；某次，謝輝煌就向我提起二十餘年後重返金門，就先去探視長慶。黃進蓮（改名黃勁連）於第十六屆世界詩人會議日本大會時，和我重逢相聚於前橋市，我們在東急飯店的異鄉夜晚，秉燭夜談的無非就是二十多年相識在金門的舊事，勁連並希望有朝一日能回到金門重溫舊夢。回臺後，我搖電話給長慶兄，轉達勁連問候及思念之情，長慶兄聽後十分高興，十月二日勁連的來信其中一段提及：「汝來批，提起老朋友陳長慶，我亦是非常數念，希望有一工會當去金門揣伊，把酒言歡，唸杜甫兮詩『人生不相見，動如參與商……』，食金門高粱，配金門兮貢糖……，同時走揣我二十年前佇金門兮形影。抱著即款兮夢，我相信有一工，會實現則著。」抱著即款兮夢，是的，我相信有一天，勁連、丕昌、長慶和我及當年

《金門文藝》（詩專號）的那一群老友，在復國墩阿芬海鮮店把酒言歡，在碧山村長慶的華宅秉燭夜談，唸杜甫的詩「人生不相見，動如參與商……。」我亦然抱著那款兮夢。

十、陳長慶是金門文藝本土自發成長的一位文藝作家

長慶兄寄給我的書稿，幾為發表過的印刷影印稿，初無分輯或分卷，然而大抵為新詩、散文（書簡、札記）、小說，或還兼附錄書評吧！作品年代大致為一九七二年（民國六十一年）及一九九六年（民國八十五年），新詩正好這兩年各一首；短篇小說兩篇（一九七二、七三年早期作品），主力則為今年復出後的《再見海南島・海南島再見》；散文則輯〈深山書簡〉五箋，皆為一九七二年作品，另外則是今年的〈新市里札記〉九帖，截至目前，他尚在繼續發表及書寫，將來收錄於書內的當不止於這些，若依此書諸作觀之，大抵可看出他書寫的體例及特色，尤其是散文的書簡、札記形式，更成為他藉以表達的途徑，將來能否突破此一格局呢？當有待於他的自覺，至於語言文字，相較於今天新新人類的書寫語言觀點及策略，真可謂天壤之別，誠為另一種時空的符碼？遑論另類（The other）之書寫，讀陳長慶那些書簡，真令人有一種隨時空回到二十多年前，在金門文藝界

草創萌芽時期所流行的文藝腔，即如《再見海南島．海南島再見》之題或如「朋友，請坐。請坐，朋友。」的句子，見「新市里札記」之三——〈武德新莊的月光〉都有二十多年前管管詩中類如「月光，請坐。請坐，月光。」之語言調調，長慶若欲堅持挺下去，則恐必在語言文字表達上詳加琢磨，另賦新詞找新意！就作品解讀可待討論地方恐亦有多處，此不予特別評論，或留待方家詳以發揮。

觀諸金門文藝界在這二十餘年來的發展，相較於臺灣新文藝、現代文學的發展，可說是緩慢、乾旱的，截至目前為止，除了地區寫作人才缺少堅持，我們亦未看到政府關懷注重文藝的發展，積極輔導推展以文藝的心靈充實生活的深度，以島上的文風基礎而言，加上島上多難的歷史，當有許多優秀的文學作品呈現才是，惜今尚看不到一部以代表金門文藝的選集，或一篇金門文藝發展的論文，連田野調查迄無，有的只是印在文友記憶中的寫作人記憶！我深知，金門還是有一些寫作的人零星散佈在海外，臺灣角落或故鄉！如何納百川，回到故鄉源頭呢，恐有待關心金門文藝發展的人士思考！

從這個角度切入，我深覺凡金門人任何一本著作，相關評論、報導，都是彌足珍貴的！需要詳加保留的。

陳長慶是在金門本土自發成長的一位文藝作家，姑不論其作品藝術成就高低，僅就此點而言，就具有特別意義，希望有一天，他也能將作品跨向臺灣、中國及海內外華人文壇綻放文采！

原載一九九六年十二月十—十一日《浯江副刊》

在地情懷，在地詩

——試讀陳長慶六首在地觀點的「金門話」詩

張國治

人到中年後，不免常多憂多思、多回憶。尤其對於年少即白髮早生，現今已過半百歲月的陳長慶，每天思考、回憶多於勞動的小說家而言，在他急著為故鄉人、事建檔，為中年以上鄉親慢慢流失的母體共同記憶記錄之後，他不免有更多滄桑。加上對故鄉一往情深，他的回憶頻繁，他的敏銳多情，感時傷景確實比別人多了一些，他如老牛般每天鎮守著書冊堆積如山的店面，在狹窄通道中穿梭，眼觀前面，耳聽八方，靜默伏坐電腦螢幕前閱讀、寫作。

小說家寫詩，與純粹詩人不同，思考也比一般人不同，小說中的現實性、戲劇性、故事性，語氣口語化、段落行氣轉接等，不自覺導入詩中。他的現實性直接、諷諭也比那些講求音韻、聲籟，遣詞鑄字，講求含蓄、隱喻、濃縮的純粹性詩人來得強烈。

陳長慶發表這些詩，作為他多年的友人，我的直接感受：他的出發點並非為了當詩人，他是有著有感而發，有話不吐不快的心情，從對家鄉的愛出發，他植根於對時局的感受，對家鄉政治環境的變遷，世風流俗的易變，人心不古，戰火悲傷命運的淡化等子題觀注，企圖滙成一個家鄉情懷的議題進行書寫。所以，特別選擇這種分行，類對句對仗、俗諺，類老者口述、叮嚀，類台語老歌，類台語詩的文類……等混合形式，鋪陳一股濃濃的鄉土情懷。以這種更見質樸的在地金門情感，向讀者宣示：「這就是我陳長慶敘事、表意的方式，我手寫我心」吧！因之《咱的故鄉咱的詩》這樣的訴求，變成了他詩創作的主軸及意旨。

讀罷他給我的六首詩影印稿，我忽然想起，明清以降迄民初的說書人，或地區耆老口述叮嚀，苦口婆心的神態，我猜想寫詩時的陳長慶，非只僅於老神在在，甚且，時有愁容；或者，我也總聯想起，台灣笠詩社那些常發諸筆端議論政治、嘲諷時局的政治詩，台語歌中那些淒迷、黏膩的情調……。可是，我有時卻不免浮現愛爾蘭吟唱詩人，那種清音的獨吟，有一些敘述，一些旋律緩緩吟唱的模樣。不過，仔細閱讀，他的金門口音、口語化，文字化為聲籟之後，究竟還是與一般台語詩不同，有一些詞語必須轉化為金門話才懂，此外，他的這些詩均具有如歌的特質，有對句及朗朗上口的遣詞用字。

或見溫婉，或見現實思考的折衝，或見意象頻繁的閃爍，或見憤怒的口語，或見無奈的敘事，最後更可見老者般殷殷的叮嚀。或一種幽幽的清唱。

例如在：〈今年的春天哪會這呢寒〉首段：「今年的春天哪會這呢寒／黑陰的天氣咻咻叫的風聲／無人的車站　冷冷的街景」由金門話轉譯，以非常口語化的語境鋪陳，然而，金門口語化的詞意轉化成漢字之後，也不失意象之美，如黑陰、咻咻、冷冷的形容詞，仍見他使用意象之準確。不過，究其詩，長慶絕非唯美純粹主義，他在純粹描景及意象的營造之後，他仍會拉回到現實的批判，如來一段：「夭壽大陸仔／一斤芋賣十五　三斤蚵賣百五／明明要絕咱金門人的生路／想要揹力來拍拚　嘛無撇步」〈今年的春天哪會這呢寒〉以反映當前小三通，金門窘境的一段警語。一些用詞，要用金門話來唸才能懂，如開繳場（賭場）、數想（妄想）、通啥撓（通什麼？）確然增加一些非熟悉閩南語人士閱讀的困擾。這種書寫方式，非僅於七〇年代鄉土文學的精神延續，台語詩的影像或也可視為另類普羅、後現代現象吧！

再者，如〈故鄉的黃昏〉與〈今年的春天哪會這呢寒〉，可見台語歌詞的潛移影響，壹如〈惜別的海邊〉、〈今年的春天哪會這呢寒〉、〈黃昏的故鄉〉、〈港邊春夢〉中的情感。試讀如下：「日頭照佇碧波無痕的水面／閃閃的金光浮佇咱的目睭前／湧拍石頭的輕聲／海鳥回巢的身影／親像老人失落的心情／啊　故鄉的黃昏／怎樣無聽著蟬仔聲／怎樣無看著塗猴影／……。」像不像一首傷它悶透（sentimental）感傷的台語老歌？此段意象自然精準，情感直接感人，但其後意象逆轉，又回到現實的批判，鄉土的命運敘述，現實的對照，以及對故鄉的煩憂之書寫，如「想起彼一年　黃昏的故鄉是火海一片」、「清平是　古厝牆壁一句一句的標語」、「甘苦的日子已經過去囉／悲傷的目屎嘛已經流完／啊故鄉／咱的前途是無限的光明」、「一隻一隻的紅娘仔佇咱門口埕閃爍／美麗的遠景抰閣浮上海面／啊這呢水的故鄉夜景／這呢靜的故鄉月夜／未來是光明在望／抑是前途茫茫……」〈故鄉的黃昏〉詩末仍是以感傷的調性來收尾！

然而，現實中的抒情調性並沒有貫穿他的詩書寫。〈某政客〉側寫金門「民代」生態：「看著有錢人　遠遠著點頭／看著甘苦人　一步無走到／用錢買官做　人格隨水流」大量的諷喻，針對故鄉的政治生態，極力的批判，是官場現實錄的警世錄。在〈戒嚴前後〉則以自身工作（經營書店）受到不同政黨政治迫害，人身的不安全為感嘆！〈了尾仔囝〉諷喻敗家子，養子不教誰之過的感嘆！替慶伯仔飼子飼到敗家子感到心酸；〈咱主席〉則是諷喻時局執政黨會變，但為民喉舌，以德服人，敬老尊賢的政治家則不受改變，此詩正面歌頌，另面諷刺一般政治亂象，透過抗議的鄉親一段回答：「報告主席無代誌／是人叫阮來／毋是阮愛去／中午十二時／領到便當礦泉水／阮著欲轉去」透過主席「搖搖頭／吐吐氣／這款叫政治」對金門目前政治生態刻劃諷刺至極。

綜觀陳長慶六首詩，有其可觀的現實觀點，卻受到題裁的限制，不免流於冗長的敘述，或見未經裁剪的部份。但一如我之前所言的，他其實借用詩的形式來一吐胸中塊壘，或說他是一位現世的詩人，他對鄉土的關懷，致使他急於對現實針砭、諷喻！這恰恰讓他傳遞了一個世紀末邁入二十一世紀離島在地的鄉民情懷，屬邊緣而真實的島上居民存在情境！

所謂「在地觀點」的意義也在此。

原載二〇〇二年九月二十六日《浯江副刊》

走過艱辛苦楚的歲月

——序陳長慶《失去的春天》

林怡種

白髮書癡陳長慶又要出書了，這是屬於他的第四本書，也是封筆蟄伏廿四載春秋之後整裝再出發，繼〈再見海南島，海南島再見〉又一描繪六十年代軍管背景下戰地兒女情長的長篇故事。

提起陳長慶，這個滿頭白髮，在金門新市里販賣書報的老頭，如果不認識他的人，鐵定要暗嘲他是個不懂掌握生意契機的笨蛋，因為，金門剛褪去四十幾年的軍管外衣，門戶突然敞開，台金班機一位難求，觀光客絡繹於途，大家爭先恐後希望揭開戰地神祕的面紗，這麼千載難逢的好商機，腦筋動得快的人，無不紛紛改行分食觀光大餅，甚至連一些書店的老板也不例外，爭相改頭換面開旅行社賣機票或擺電玩，一夕之間，很多人搖身一變成為飯店、旅遊公司的董事長，不但賺錢輕鬆愉快，且成為處處受人敬重的「社會人士」，只有他傻呼呼地守著三十餘年的老店，每天大清早即開門營業，對每一個向他丟銅板買報紙的人哈腰作揖，賺取蠅頭小利養家活口，兼作撒播文化種子的白日夢，自得其樂！

幸好，認識他的人，都能輕易地從他那一絲絲白髮找到智慧的脈絡，也能從他臉龐上鏤刻的皺紋讀出一頁頁歷經戰亂、飽嘗挫折的滄桑，從而清楚地發現，陳長慶真的為書癡狂，畢竟，在這物慾橫流、金錢掛帥的現實社會裡，他賣書、他讀書、他寫書，儘管賣書收入有限，文稿不值錢，還要課稅，加諸文學創作之路既長且遠，像苦行僧踽踽獨行，想致富比登天還難。然而，他認為古往今來，多少財通四海的達官巨賈，都先後在時光的洪流中化作飛灰煙滅，既使有人一個早上能賺進一千萬，而遲早有一天縱然花一千萬也買不回一個早上；因此，一個人以有限的生命去追逐一身銅臭的物質享受和尋找滿室書香心靈的快樂，兩者之間的選擇，陳長慶顯然選擇了後者，他真的是很傻，卻傻得有一點可愛！

其實，我所認識的陳長慶，並沒有什麼顯赫的家世背景，更沒有傲人的學歷。認真地說，他和我一樣，同樣出生在窮苦的農村，唯一不同的是我比他晚生幾年，幸運地搭上延長九年義務教育的首班列車；而陳長慶，在國共軍事對峙、烽火漫天的年代，好不容易考上砲戰後剛復校的金門中學，而僅僅唸了一年初中，就因家貧學費無著而輟學。那個時候資訊貧乏沒有電視，軍管體制下也不能擁有收音機，憑恃著一股強烈地求知慾望和不服輸的信念，念茲在茲地，那怕是在路旁撿到一張舊報紙，或一本殘缺不全的舊書刊，在在都如獲至寶，愛不釋手地詳加研讀。雖然，環境所迫不能在學堂上接受老師正統的傳道、授業與解惑，惟有自個兒日積月累的學習，果然，「有志者事竟成」，幾年之後，出自陳長慶筆下的散文和小說，一篇篇躍登國內各大報刊雜誌，也因此，在二十五歲那年，一個沒有正式文憑，只有自修苦學的年輕人，一口氣結集出版了《寄給異鄉的女孩》和《螢》二本屬於自己的書，在戰地金門文壇傳為奇談。

所謂「學，然後知不足！」愛書成癡的陳長慶，為了讀書，讀更多的書，他索性辭去軍中雇員的職務，開起書店，讓家成為「社會大學」，每天清早開門做生意，也同時面對數萬冊各類書刊，無拘無束地沈浸在知識浩瀚的大海裡。

值得一提的是，剛開始賣書的日子，陳長慶即立誓先充實自我，暫時封筆不再寫作，想不到歲月悠悠，一霎眼，二十四個寒暑不知不覺地溜逝了。經過漫長歲月的韜光養晦、千錘百鍊，陳長慶的寫作技巧臻至爐火純青的境地，無怪乎抓起筆來，輕輕一揮灑就是一篇十六萬言文情並茂的長篇小說。

有幸，能陪《失去的春天》一書渡過「陣痛期」；更有幸能成為第一個讀者。尤其，陳長慶以慣有的第一人稱寫法，讀來特別讓人容易溶入故事情節，彷彿自己就是主角，隨著喜而手舞足蹈，跟著悲而黯然垂淚。

當然啦！真的故事不一定感人，而感人的故事不一定真實；畢竟，「真真假假假亦真，假假真真真亦假」，故事是真是假並不重要，重要的是《失去的春天》每一個情節，讀起來都讓人有真的感覺，字裡行間，不難讓人清楚地看見一個六十年代的金門青年，刻苦耐勞，孝順父母，講義氣、重感情。即使三十年後年華老去，時空背景丕變，他對故土家園依舊念念不忘，對往日情懷仍然依依不捨，因而才有《失去的春天》一書的誕生。陳長慶透過圓熟的寫作技巧，帶領讀者重溫一段失去的記憶，重遊往日金門風景名勝，品嚐浯島風土民情，書中章章賺人熱淚，值得讀者細細品讀。

原載一九九七年六月廿八日《浯江副刊》

只要有心向學　社會到處是大學

——從縣籍作家陳長慶再出版新書說起

林怡種

縣藉作家陳長慶又出新書了，不久前在本報副刊連載的長篇小說《冬嬌姨》，再獲出版社青睞順利付梓，屬於他的第十一本金門鄉土文學著作又和讀者見面！

當然，這年頭排版作業電腦化，印刷科技日新月異，任何人想出書，簡直易如反掌，委實不必大驚小怪；何況，有些人肚子裡沒有墨水，想趕時髦過作家癮，花錢央人捉刀代筆，短短幾天就可出一本書。換言之，今天想出書當作家，比起從前容易多了，作家頭銜，早已風光不再！

然而，陳長慶又出書了，依然是一本金門鄉土文學著作，並非理財致富秘笈將造成搶手貨，亦非是《愛情青紅燈》可熱賣大發利市，何勞多費筆墨來贅述！可是，他出生在金門窮苦農村，既未曾上過大學，也沒出國喝過洋墨水，正式的最高學歷僅僅初中一年級肄業，但已順利出版了十一本文學書藉，意義不同凡響！

其實，在山外街頭開書店、販賣書報的白髮老闆陳長慶，不認識他的人，都要笑他是不懂生財的傻者，因為，憑他那間靠車站的黃金店面，若改為電玩店，保證日進斗金！可惜，這些年來，他仍守著書報攤，每天大清早開門營業，對每一位光臨的顧客哈腰作揖，賺取微不足道的蠅頭小利，兼作傳播文化種籽的白日夢。幸好，認識他的人，都能輕易地從他頭上絲絲白髮找到智慧的脈絡，也能從他飽嚐戰亂歲月鏤刻的臉龐，發現他為書痴狂，每天賣書、讀書及寫書，不改其志，樂在其中！

原來，陳長慶出生在烽火漫天的年代，初一下學期因家貧被迫輟學幫忙農事，由於當時島上烽火連天，加諸鄉村普遍尚未供電，百姓仍不知電視是何物；因此，對外資訊封閉，知識來源貧乏，但憑恃著強烈求知慾望和不服輸的信念，那怕是路旁檢到一張舊報紙，或一本殘缺不全的書刊，也如獲至寶，一字一句研讀再三。爾後，雖在軍中謀得雇員工作，惜與興趣不合，因而辭職租屋開起書店，讓書店成為「社會大學」，更讓自己沈浸在知識浩瀚的大海裡，同時，也不停地鍛鍊寫作技巧，作品陸續刊登在國內各大報刊。

誠然，隨著作品不斷結集出書，陳長慶早已是享譽國內的知名作家，卻仍自認文章火候有待加強。雖老眼昏花，仍每天讀書、閱報，不斷地充實自我，冀望彌補學歷之不足，才不至於被時代淘汰！

平情而論，這是高學歷、高知識與高經濟掛帥的時代，陳長慶能以初一的學歷，靠不斷自修向學在社會立足，還念茲在茲，以筆記錄浯島子民走過的歷史痕跡，讓一本又一本的金門鄉土文學著作，豐富這片土地的人文色彩，真是彌足珍貴！如今，又見他出版新書，雖然，就整體而言，這只是小人物的一點小成就，不足掛齒；但是，我們認為其不屈不撓、自修苦學的精神，足以說明一個人只要有心向學，社會處處是大學，行行亦能出狀元；除此之外，其奮鬥的過程，更可做為青年朋友學習的榜樣！

原載二〇〇二年十月一日《金門日報》「社論」

沒有完整學歷　也能成就大事業

——從陳長慶出版新書新聞躍登世界日報說起

林怡種

前幾天，在美國發行的「世界日報」，刊載了金門作家陳長慶出版新書的消息，用大篇幅的版面，詳細介紹他新近又完成《走過烽火歲月的金門特約茶室》出版，徹底為金門「軍中樂園」解密、為俗稱的「八三一」還原史實真象。

「世界日報」是北美地區最大的中文報紙，在紐約、洛杉磯、舊金山等大城市均擁有廣大的發行業務。換言之，新聞能擠上這份「世界性」報紙版面，絕對是經過精挑細選，其重要性不言可喻！

然而，來自金門的鄉土作家陳長慶出了新書，新聞竟能上了「世界日報」，且圖文並茂，在版面上佔了很大篇幅，確屬難能可貴！因為，陳長慶不是國際知名專家學者，更非諾貝爾文學獎得主。認真說，僅是來自海中孤島的金門，一個以賣書報維生平凡的小人物，靠著自修苦學，先後完成十六本金門鄉土文學創作，如此而已！

當然，被稱為「白髮書癡」的陳長慶出新書，早已不是什麼驚天動地的大新聞，因為，他出生在烽火漫天的年代，雖然考上「八二三砲戰」後復校的金門中學，但初一下學期因家貧被迫輟學，一面當軍中雇員謀生，一面閱讀書報自修，並嚐試寫作投稿，於二十五歲那年，結集在各報刊雜誌發表過的作品，一口氣出版了二本書，在戰地金門文壇傳為奇談。

值得說明的是，當年金門是戰地，不但還沒有電視，收音機也屬於管制品，書報雜誌更是稀如珍寶，為了讀更多的書，陳長慶毅然辭去軍中雇員職務，在新市街道租屋開書店，每天沈浸在書報知識浩瀚的大海裡，把書店當成「社會大學」，並立誓充實自我，暫時封筆不再寫作，經過廿四寒暑的千錘百鍊，在五十歲那年又重新出發，也學會電腦打字，寫作更加得心應手，長篇巨著源源不斷面世，短短九年之間，又出版了十四本屬於浯島鄉土文學作品，因此，出版新書對陳長慶而言，已如家常便飯，不值得大驚小怪！可是，出新書新聞能躍登「世界日報」，確是「大姑娘上花轎——頭一遭！」

古書有云：「君子有三立，立德、立功、立言，三不朽！」意即人的一生，德行、功業、文章三者，其中之一能留給後人，即能永垂不朽！準此而言，人的一生，看的不是官階權位、或財富，而是一言一行。雖然，陳長慶僅擁有初一的學歷，從無一官半職，僅是新市街頭靠販賣書報維生的小人物，卻默默寫了十六本鄉土文學作品，記錄傳承浯島文獻，幾百年後很多家庭的書架上、或海內外的圖書館，仍將有他智慧的結晶可供閱覽，這或許就是「君子三立」之一吧！

誠然，一個人辛苦一輩子賺取億萬鈔票，存在銀行裡不會有人看到，且財留兒孫，是福？是禍？尚屬未知數！同樣的，一個人逢迎拍馬，醉心權利追逐，雖然威風凜凜，但有朝一日離職失勢，還能擁有什麼？而陳長慶淡泊明志，選擇「著書立說」，在傳承鄉土文化之路踽踽獨行，所獲得的成就竟能上「世界日報」，這份榮耀豈是權位或金錢所能比擬衡量？

總之，所謂「有心向學，社會處處是大學！」陳長慶自修的路程與寫作的成就，在在說明沒有完整學歷的人，只要肯努力，也能成就大事業，值得一時失學的朋友效法學習！

原載二〇〇五年十二月十三日《金門日報》「社論」

此情可待成追憶
——尋找陳長慶《失去的春天》

陳延宗

浯島金門，北半球上海棠東南隅一樂園，拜地理因素影響，自古就有不扉的故事相串連，有戰火、有戀情，還有⋯⋯。就在眾多的故事銜接串演後，《失去的春天》出版了，年長的「老黃忠」陳長慶先生，以關懷的筆觸描繪出這塊他所生長的大地上，曾經萌芽茁壯的愛情故事，而故事的背後，則為你我所熟悉的記憶，深藏內心的烙痕。

在千禧年的深秋，我們一群熱愛家園的金門鄉親，在讀書會中圍繞著老黃忠，陪同書中男主角陳大哥重溫深情舊夢，一起回味著春天的花香，心中的悸動，陣陣的迴響，就像書中的某一個深秋，一場額外的纏綿激起無數的漣漪，許久不能恢復平靜。

在這新世紀的今天，我重拾《失去的春天》一書，同時參考去年讀書會所做的筆記，再度拜訪陳大哥內心深邃的世界，我發現到：「不僅是陳長慶像書中的男主角，參與讀書會的成員都像男主角，而我們實際上就是春天裡的主角」。在去年秋天之後，我們等到了今年的春天，而陳大哥的春天曾經遺失到那裡去？是否又找回來了呢？

堪稱金門文壇長青樹的陳長慶先生，在封筆蟄伏廿四載春秋之後，再度提筆寫作，將他豐沛的文思，真實的情感傾瀉而出，分享讀者。這位現實中的陳大哥，秉持著對文學的熱衷和良知，不再考慮現實環境帶給他的困擾，強調《失去的春天》不只是一篇小說，也不是交待一個故事，而是尋回一份失去的記憶。因為看過和讀過的人，都直接反應這是一個真人真事的愛情故事，所以在讀書會中，面對陳長慶的解說與分享，我們幾乎確認那是一場真情男兒於奇妙邂逅之後的無悔告白，唯獨書中的兩位女主角：顏琪與黃華娟無幸參與，然而卻同時走過每個人的心中，留下了永恆的回憶。

《失去的春天》不只是一篇小說和故事而已，這一份失去的記憶藏有你我的喜悅與悲傷，這一份迴盪的真情牽引多少熱情與血淚。在春天裡，我們都是生活中的主角，當春天失去時，生活卻造次的變成自我生命中的主角，甜蜜的情意反而成為感傷的負擔。從某個角度來看，他正表達了在六十年代前後，金門地區實施戰地政務後，對社會造成鉅靡影響，百姓們承受生命中不可負荷之重。

金門這個純情的在室男，曾被無盡的關懷和冷漠，也屢受無數的靦腆和垂青。歷代朝後的關愛，無數海盜的掠奪，明鄭的短暫擁抱，日本鬼子的侵害，都深烙著連綿的軌跡。

然而在愛意之後，有歡喜也有感傷，長久的歷練與考驗，造就了這個純情酣厚的在室男。對於這次的戀情感受卻特別的深刻，特別的久遠，故事起於冬季的邂逅，沐浴在春風春雨中，也迷失在冬季裡，失落了等候春天來臨的機會。

這次在室男化身為純情的陳大哥，一個典型的農村青年，講實際、重感情、不浮華。傳統樸實的生活正面對鉅大的改變，改變的是烽火之後的複雜環境，醞釀的是人性背後的愛恨情愁。基本上這是一場與大環境邂逅的寫照，也是一場與雙面夏娃熱戀的戲曲，整齣戲曲的背景如同藝工隊一般的複雜，其中有溫馨、歡笑與快樂，也有你我一輩子都不願見到的場面，卻不得不面對的事實。

在那劇變的年代，國軍退守復興基地，金馬劃歸前線地區，接著實驗戰地政務措施，百姓生活環境著實變幻莫測。故事的開端，是由引發戀情的關鍵人物石班長開啟序幕，事因起於讓他暱稱乾女兒的顏琪為他取名毛澤東後，進而造就了這一段戀曲，年輕的生命裡，真正嚐到愛的泉源，致使陳大哥特別的說：「我很感謝老石，當初沒有他毛澤東，我何以能得到藍蘋」。

陳大哥戀愛了，這段戀情始終在尋找完美的詮釋，希望能綻放出交會時互放的光亮。愛情的心扉開啟在大膽島上，卻也散失在大膽島上。這段戀情，他同時傷害了兩個少女，兩顆純潔的心，傷得最深的卻是自己，掉進了無底的深淵裡，造成滿身的傷痕和悲情。

實際上，他真正的戀人只有一位，就內心深處來講，他巴不得多看他三眼四眼、五眼是顏琪，卻也另外化身為黃華娟，一位讓陳大哥情深似海，卻舊愁散不盡，新怨上心頭的雙面夏娃，就現實處境而言，他時而領受關愛和肯定，時而面對不義和為難，一位讓陳大哥成長茁壯，卻也流去青春愁惆悵，流去壯懷憤慨的鐵面人。多情的陳大哥，終究感慨著這是個什麼時代，這是個什麼社會，為什麼給了我們藍，又給了我們黑？

顏琪是藍的代表，純真的愛情是甜蜜的，她讓陳大哥年輕的生命裡，真正嚐到愛的泉源，並確定置身在幸福的圈圈裡，而不是在它的炕沿兒。她是朵出污泥而不染的蓮花，內向嫻靜，端莊婉約，陳大哥說往東，她不敢往西，這是出於信任、尊重、貞節的愛情使然。當真愛昇華後，衍生成你泥中有我、我泥中有你的多情境界，兩人期許相互扶持、相互照顧，因而願意回鄉下過著田野生活，相伴走向幸福人生。這位願意將陳大哥視為終身寄託和唯一選擇的多情湘女，著實是陳大哥心靈中，不可缺少的一部份。

然而曾幾何時，這份美麗的愛情終究遇到試探，甜蜜的負擔變得脆弱、可悲；當顏琪投入全部的感情，期待有人能完全接受時，病魔卻無情地向她招手，侵蝕她的身、她的心，侵蝕她在陳大哥無人可取代的地位。這對曾一起分享快樂，相互理解痛苦，誓言在愛的道路上攜手而行，絕不退縮的牽手，堅貞的愛情乃面臨著嚴酷的考驗。

華娟是黑的代表，挾帶著友情的愛情是苦澀的，它的背後充滿強佔，排擠專情。顏琪兩度住院，都是不得已的情況下，都是兩人極度脆弱的時候，在命運的捉弄下，華娟有意似無意的介入她們的世界。她有南丁格爾的熱情，也有冰雪女王的陰冷；因此即使得知陳大哥和顏琪的金石盟約，她猶毅然的投入戀情，準備在愛的世界裡，接受一次挑戰，任憑滿身傷痕，心身疲憊，在所不惜。這種睥睨堅貞愛情的心態著實恐怖，它沒有玉石俱焚的壯烈音符，卻有飛蛾撲火的死亡舞曲。

陳大哥認識華娟，看似幸運，實卻不幸？他從顏琪身上感受的是甜蜜與溫馨，從華娟那裡得到的是苦惱和不安。她帶來的不是豐沛的情感，而是無形的壓力，因此即使他始終不敢忘掉激情過後的茫然，口口聲聲的向華娟表明：「在愛情，我偏向她那邊，在友情，我偏向妳這邊。」華娟依然趁人之危，企圖喧賓奪主，在陳大哥心靈深處侵佔了原本屬於顏琪而別人無法取代的位置。明知沒有完美的結局，她再次建構生命中的挑戰，深烙一項無法取代的回憶。

陳大哥雖然時時自我警惕，面對華娟時卻充滿淒迷，不知該往東或向西走？最後為了滿足她的需求，而背棄了願意廝守終身的顏琪，逐漸走上路的盡頭，沒有迴旋的餘地。他展現出現實社會中出軌的愛情，暴露的自我人格的缺陷。在初遇顏琪時，他謹慎珍惜這份千金難買的純真情誼，並自許對幸福的追求，須如勇士般的全力以赴。然而這堅實的愛情卻不敵複雜的環境，就在他本能趁早把她帶開時，他自己的心已開始腐化。在他面對華娟之後，竊喜能碰到兩個心儀的女孩，並寄語秋風，表達似海深情。純樸憨厚的金門青年，多情的外表有顆虛偽、軟弱而對未來感到不確定的心。在數度掙扎之後，猶未知如何珍惜現在，把握真情，對未來又充滿疑慮，一片不可知的茫然。雖然瞭解命運掌握在自己手中，卻任由命運來擺佈和捉弄。藍與黑都在他身上記載著一段感傷和烙痕，一段永恆的回憶，這一段難忘的記憶沒人真正懂，也無人真正瞭解。

陳大哥投入現有工作環境是一種偶然，來自不同方向的人，卻在此時此地交會相逢，期待彼此互放的光亮。然而他的光芒在幾經尋尋覓覓後，才發現是遙遠而不可及的？因為他所處的是「長官的命令總是要服從的」環境，白天如此，黑夜亦是如此；對的要如此，不對的更要如此。而在情海生波之時，面對的黑夜常多於白天，甚至出現了兩極極地的長夜。感嘆是一首哀怨的夜眠曲：「美好時光的到來，總是較緩慢，我們能祈求什麼？盼望什麼？」他是在祈求藍的到來，還是在盼望黑的離去？

廖主任、雷公等人是藍的代表，他們明辨是非，照顧部屬的用心是令人敬佩而銘記在心的。當然對於苦幹實幹的陳大哥多的是肯定與疼惜，並給了許多特殊的信任和照顧。然而陳大哥能在那複雜的環境享有如此優厚的禮遇並非偶然，而是一種必然。他憑的是志氣、爭氣，還有骨氣。除了長官的命令要聽從，凡事遵守規定和法令外，也要堅持自己的原則。理智而關心部屬的長官是深具智慧的，唯有他們才能讓部屬建立深厚的情誼，辨公室也能生氣盎然、活潑有力，又有幾許文雅氣息。溫馨祥和的天候裡，春陽在空曠的上空綻放著，喜悅在眾人的臉龐漫延著。愛意情愫在人們心田滋長著。幸福洋溢的日子是充滿希望和期盼，安樂中總不能缺乏憂患意識。就像顏琪對陳大哥所說的：「以誠待人，不可害人，須防小人」，而在他們的周圍，總是不乏小人的存在，平淡的心總是承受不平淡的看待。

三角眼的大老爺們是黑的代表，他們是人性缺陷的化身，滿嘴的利害關係，求的無非是自身的利益。他們有的是外行領導內行，卻規定一大堆，倒行逆施得讓人感到痛心。有的是營私利以偏己慾，藉著圓滑之口，呈現著連番的刁難和挫折。就像魔法師變把戲一樣，把藍的變黑了，把真的變假了，也把辦公室由熱鬧轉為沈寂。當工作環境漫延的只剩下挫折、厭倦和恐懼後，這世界似乎什麼都是不真實的，顏琪僅能提醒陳大哥：「凡事能忍則忍不要跟人家吵架、嘔氣，要知道人世間的公理已逐漸地式微，強權強勢已壓在我們的頭頭上，人心更是險惡，自己要提高警覺，處處小心。」面對環境的劇變．無形中增添工作上的壓力與精神上的負荷。雖是一件無可奈何的事，天生骨氣使然，陳 大哥不為五斗米折腰，離開了沒有明天的地方，回歸田園。

回歸田園，本是陳大哥和顏琪共同的理想和希望，現在卻是一個無法實現的諾言，田野依舊空曠，微風猶感自然，破碎的美夢背後，留給陳大哥的是一臉的無助與茫然。廖主任帶領他走過無數的黎明歲月，感恩的心如同對顏琪的情陪他到老，大老爺帶給他多重的夜晚夢魘，感傷的心如同對華娟的情伴他到老。藍與黑在他身上註記著遷就與期盼，一段難忘的回憶，這段記憶只有矛盾與無奈，還有顏琪和華娟。

藍與黑編織而成的波斯魔毯，讓陳大哥終日幽遊迴盪在不可知的魔幻未來，但他特別恐懼的卻是那不一樣的「白」，一個不屬於藍與黑之外的第三種顏色。當顏琪住進醫院檢查時，他重新凝望著那扇白色的門，白色讓人恐懼，不是純潔的象徵。而穿著白色制服的華娟，卻像深秋裡一股莫名的寒意襲上心頭。金門與台澎本是同根生，同樣有白色的恐懼，他的白卻出奇的長，出奇的久，這一段長遠的距離，和深沈的溝渠使得在廿四年之後，《失去的春天》才得浮出檯面，取代那本已浮出檯面的脆弱戀情，及那始終期望浮出檯面的憂思曲調。

人是一種軟弱的動物，在這個佈滿荊棘的人生無台，你需要堅強時，堅強卻像頑皮的精靈消失無蹤。陳大哥在歸隱田園後，謹守生命的一絲記憶，對顏琪的悲傷和對自己的感嘆。到老未曾走離家鄉一步，猶與華娟保持密切連繫，擺脫不了命運的束縛，終身陷入情慾囹圄裡。現實裡他是過著與世無爭的平淡歲月，實際上，他卻始終把自身埋藏在過去的種種，無法掙脫歲月的折騰。顏琪在他身上刻劃著深情、真愛，現在尋它千百度也尋不著；華娟也在他的身上烙印著不安、苦惱，一生揮之千萬回也去不盡，他們都同時失去了春天。陳大哥曾說：這世界沒有僥倖，我們必須面對一切挑戰，把眼光放遠，追尋我們心中永恆的幸福，開創我們金色燦爛的人生。喜悅與悲傷，也只是人隨著環境的變化而形成，他是否能走出生命的陰霾？

在那遠古的老黃忠年代，諸葛亮智取漢中後，曹軍兵退斜谷界口，進不能勝，退恐人笑，魏王心中猶豫不決，有感於懷口稱「雞肋！雞肋！」雞肋者，食之無肉，棄之有味。《失去的春天》一書中他身為陳大哥的「金門」，曾幾何時，也是多少人心中的盤中肉，遭受無盡的啃食，然而最殘酷的，莫過於自我的放逐，放逐在黑夜裡。

現實中的作者陳長慶大哥，卻悲憫的與大家共勉說：黑夜並不可怕，可怕的是我們在黑夜裡失去了自我。每當黑夜來臨時，我們應把握時機善加休息，以為明天的奮鬥做準備。要知黑夜來了，白天還會遠嗎。並要有「當我們面臨黑夜時，同時間地球上將有另一個角落正在迎接晨曦」的體認，認清這是地球自然界的常態後，我們當為另一個角落正迎接晨曦的人祝福，也為我們同塊土地的人祝福。

實際上，就文學的角度來說，因為某些因素，導致長慶兄封筆蟄伏廿四載，讓金門文壇暫時失色不少。這段日子，長慶兄失落了創作的春天，金門鄉親也失落了欣賞好作品的機會。金門在接受歷練之外，少了陳大哥的文學新作，宛若是一段缺乏春天的歲月；如今長慶兄再度提筆寫作，並以《失去的春天》刻劃過去一段堅韌的歲月，隱約在證明他已告別生命中的寒冬。

當冬天的腳步遠去時，牆角柔弱的小草爭發新芽，樹梢的枝椏也爭露翠綠時；來自北方的燕子又飛回浯江百家門，築巢覓食，等待春天的到來；而生於斯、長於斯的陳大哥，是否欠缺了一份主動尋找春天的決心呢？我想大約在冬季，只因為：

沒有妳的日子，我會更加珍惜自己；沒有我的歲月裡，妳要保重自己。

妳問我何時回故里，我也輕聲地問自己；不是在此時，不知在何時，我想大約會是在冬季。

原載二〇〇一年五月二十六日《浯江副刊》

天長地久月光情

——陳長慶〈再見海南島・海南島再見〉讀後

陳延宗

在一個夏日的午後，一群喜愛閱讀夥伴們相約茶敘，品茗之餘，飽讀詩書的王大哥表示：他在看了陳長慶大作〈再見海南島・海南島再見〉之後，意猶未盡，真想趁著暑假到海南島參觀一下，除了飽覽當地風光之外，最主要的是要到「海麗酒店」，拜訪那真情的王麗美。巧的是，這本書在場也有許多夥伴都看過，拜讀後的我也深深感覺到人與人的相識，往往像是一個傳奇的神話故事。

不論你是久居浯島，或是初臨金門，在看了〈再見海南島・海南島再見〉之後，也許就如書中的陳先生在那南海的蓬萊仙島上，正有你心儀的王麗美深情的等著你；或像王大哥一樣，想要暫別家園，遨遊故國，放眼世界，去尋找那天涯海角最真摯的動人故事。

〈再見海南島・海南島再見〉是陳長慶先生在一九九五年七月遊覽海南島後所寫的短

篇小說，故事裡有無情的歲月複雜的環境、痴情的主角，還有專心用情記述的生命樂章，這些樂章也曾徘徊在你我腦海裡，或亦盪漾在咱們的心田中。

在那一個動盪的年代，曾經享譽國際的金門小島上，一位平凡的金門青年與一個不平凡的異鄉女子相遇而萌生了戀情，相約不論天涯海角都要相互照顧，卻因命運的捉弄，在離散廿年之後偶然的重逢，這是故事的開始，又似是結束？金門對陳先生而言，是他唯一的故鄉，他在這兒認識了一生唯一的戀人王麗美，她卻是只是過客，為了現實問題，待了四年之後不得不離開，最後終致失去連絡，陳先生依然在金門痴情地等著她。

廿年後，一場故國之旅，卻又讓兩人重逢在海南島，海南島乃王麗美的故鄉，她在這邊思念一生中永遠的戀人陳先生，他表示寧當遊客，行程一結束，他就飛回金門，世事變幻莫測，同是繁衍著炎黃子孫，兩個島嶼卻有不同的體制與政策，但也有同樣複雜的環境和無情的歲月。在陳先生的故國之旅後，金門與海南，各有一顆熾熱的心緊緊密密的連接在一起，各保留一疊充滿盛情的信件相互呼應，每個月夜同樣高掛著圓滿明亮的月光，月光下同樣揮灑溫柔與甜蜜。

在離開海南島之際，如果是你，是否會對王麗美許下重回海南的承諾呢？也許會？也許不會？也許我們該重頭思索這個故事的緣起，才能得到一個圓滿的答案，提供給故事中的主角做參考，並讓現實中的自己更明瞭。

那一年，金門繼規劃為前線地區後，開始實施戰地政務，進而設立了軍中特約茶室，不僅解決了官兵現實的情慾問題，也為部隊賺進一筆可觀的福利金收入。事在人為，完美的計劃往往因為不完美的人事而產生異常的結果。茶室的經營衍生了可怕的弊端，如管理員做假帳，以假憑證來報銷，售票員收取侍應生的紅包，不肖員工白吃白嫖，醫務人員對性病檢驗不實等等，並影響到週遭相關人員與事務。

在金城茶室服務的侍應生王麗美，雖然容貌清麗，氣質非凡，由於受命運的捉弄，而淪落至此。會寫一手好字，喜歡看書的她，在陰暗房間的衣櫥上，設置一個書架，擺了好多書，顯出她的不一樣。特別是喜歡文學的男主角陳先生急欲想看的一本書《文藝心理學》，萬般費解的是藏書數千冊的「明德圖書館」竟然找不到這本書，反而在侍應生的房間裡找到。這本討論美學的書籍，正是開啟了這對戀人愛慕的序曲。

因負督導茶室之職責，男主角陳先生在巡視到王麗美住處時，發現她所閱讀的書籍範圍包羅萬象，不禁好奇的問：

「妳喜歡看書嗎？」

「你是說侍應生不能看書嗎？」王麗美反問著。

是的，侍應生是有看書的權力，任何人都無權過問誰不可以看書，古語有云：「開卷有益」，誰不能看書。然而「在那個年代裡，擁有《文藝心理學》的人，被安全單位查到，罪名可不輕。」這並不妨礙陳先生對於文學的熱愛，他內心雖然充滿矛盾與懊惱，對向侍應生借書一事有些顧忌；最後還是提起勇氣向王麗美借了《文藝心理學》，並在書中找到了賞美的管道：

「什麼叫做美感經驗？」

「就是我們欣賞自然美或藝術美時的心理活動。」

多麼貼切的問答，讓他對美的賞析總算有點心得和概念。為了答謝王麗美的慷慨，陳先生除送一本張秀亞的《北窗下》，並把自己的藏書《藝術的奧秘》借給她，希望她能從《藝術的奧秘》中，理解出人性的「美」與「醜」。然而飽經生活磨練的王麗美，對美學卻有個人的見解：「其實人性的美與醜並不是與生俱來的，它多少會受到現實環境的影響。」

茶室之設立於金門，實際正代表著戰地政務實施於前線，兩者都有其現實的考量和既得的利益，但也積存沈痾弊端，逐漸的影響到這個島上的人員與事務，影響到人們對美與醜的詮釋和領會，也直接影響這對盼望尋求真善美的戀人。

面對這個可怕的社會，面對人們總是自憑喜惡來論斷他人，陳先生始終深怕不實的謠言，惶恐被某些事務困擾和渲染著，因此他凡事慎重，處處設防，包括初期向王麗美借書的遲疑，在性病防治中心帶書探望病中的王麗美時的忌諱，顯得過份的緊張而躑躅。甚至在王麗美懷孕生子時，他乃因膽怯而不敢出面相助，最後僅能埋怨自己在問題的處理上有如不及格的小學生。

同樣生活在複雜的社會環境下，王麗美面對問題的態度就顯得比較實際而成熟，在收到此生第一次自已喜歡的禮物時，王麗美立即向陳先生發出共賞秋月的邀約，並知趣的表明如果有所顧忌，相見不如不見好。也許因著同樣對文學的愛好，同樣具備真誠又善美的胸懷，要與一位現實社會所不容的侍應生見面，陳先生在百般的遲疑後，理解出「儘管各人的際遇有所不同，但人格是相等的，就看我們以什麼心來認定它，來解讀它」，而做出赴約的選擇。

即使剛開始他乃迷惑自己到底伸出的是友情的手抑是愛情的手？他還是跨出了自設囹圄的第一步。於是，在榕園清靜的草地上，他們遠離喧鬧與塵囂，在皎潔的月光下，他們尋找到美的詮釋和體驗，中秋裡圓潤的明月當下成為最佳的見證人，向大自然宣佈兩個溫柔的心即將契合在一起。彼些的眼中發出光輝，彼些的內心相互呼應，謝絕世俗「只許自己做壞事，不准他人做錯事」的腐朽想法，同心發掘人性中的真善美，不僅僅「往後的日子我們將是無所不談的朋友」，而且相約「往後的日子是你心中有我，我心中有你。」共賞彼此心中永恆的月光。

面對一生中談得最多的女性，陳先生感到應該珍惜這份情誼，因此就在王麗美輪調到小金門東林茶室服務，意外的懷孕後，他要求在茫茫的人海裡，「讓我們相互鼓勵和照顧吧。」自小就命苦又運磨，初次找到人生理想中的港灣，王麗美回應說：「讓我們信守這份諾言吧」。

月總有陰晴圓缺，人心更富有千變萬化；在這變化莫測的世界裡，明月常會碰到烏雲的遮掩，更何況人心常易遭受愚昧與蒙蔽，再堅定的金石盟約也會受到侵蝕。研讀美學的陳先生還是沒有讀得透徹，過度把自己深鎖在狐獨的圈圈裡。想的比說的多，說的比做的多，早上剛許下的諾言，到晚上就遺忘得精光。諾言缺乏穩固的盤石做根基，就容易受到弔詭的世俗、不安的性情所影響，再美的承諾也會產生質變，甚至變成醜陋的謊言。

當麗美調回山外茶室，並產下一女後，陳先生也僅託人帶些營養品給她，卻未再見她一面，「想見她，又怕見她，內心感到矛盾極了。」整個人極度呈現虛浮與懦弱，面對可怕的社會，他再度的遲疑和掙扎，然後才帶著難以言喻的苦楚來看王麗美。

「好久不見了」見面的第一句話，她以生冷而氣憤的口吻說：「怕了吧，陳先生，怕別人誤解孩子是你的骨肉，對不？你不是說要相互照顧嗎？當我需要你的時候，當我惦記著你時，你卻躲得遠遠的。」

王麗美質疑兩人內心到底存在的是什麼？親情？友情？愛情？或者什麼都不是。在這複雜的社會裡，陳先生始終深怕困擾和渲染，過份的慎重與設防，反而將自已和心愛的人推進了重重的圍籠中，推進了一個美醜難分的境地。

這個社會醞釀著種種的問題，逼迫著王麗美掉進了火坑深淵，進而滋生各樣邪風惡習，來取笑、羞辱、謾罵她。為了生存，淪落異鄉的她克盡了服務官兵的職責，解決了戰地政務時期部隊的性問題，也減免了社會衍生另類污穢的事件。然而陳先生所生長的環境和鄉親，對於這些侍應生，始終以有色眼光來看待她們。有些人甚至成天藏污納垢，仍然大言不慚的數落她們，認為她們是卑微、低賤的。戰火的焠練，並沒有使陳先生更堅韌與理性，反而更脆弱，更膽怯的去迎接一生中難得的真情，無知的像一個不及格的小學生。

現實是殘酷無情，人卻是脆弱無能的，王麗美為了保護她的愛女海麗，決定要帶她回台灣，安頓在一個美好的環境，得知此決定，陳先生反而怕失去了她，緊緊地把她摟在懷裡冀圖留住她一輩子。「只要你願意，只要你不以有色的眼光看我，陳先生，天涯海角永遠等你」臨走前王麗美再次強調她對他的真心真意。

王麗美回到台灣後，經過再三考慮，下定決心不回金門了。她「並非想離開陳先生，而是要離開那個沒有人性尊嚴的環境，以及遠離那段不幸的記憶」。對於這個曾有海濱鄒魯美譽的仙島，卻因時代的動盪，戰火的瀰漫，讓它失落了輝煌的光彩，浸染沈痾的惡習。名滿天下的英雄島背後，背負著無盡的羞愧與失落，這一段不幸的記憶是否為大家心中永遠的痛，王麗美不得而知，但可以確定的是，她目前的決定對他、對她，對孩子都是好的。雖然暫時不能見面，王麗美又再次強調：「會信守對你的承諾——天涯海角永遠等著你。」

為了澈底遠離心中永遠的痛，為了能和心中永遠的陳先生共赴美麗的人生，王麗美決心尋回自己的尊嚴和本性。她向純潔如一張白紙的愛人表示：「當我洗完沾滿污泥的雙手，我將用乾淨的雙手洗滌我內心的汙點。把一個乾淨的我，完美的我交給你，任憑天涯海角。」在這兩地相思的日子裡，他們藉由書信來凝聚情感，讓彼此的感情沈澱、過濾，變得更清澈透明。就在共同盼望美好的將來到臨時，就在魚雁往返了七十六封信箋後，兩地的音訊突然中斷，情份的交感因而隔絕。陳先生此時再度的驚慌、脆弱，同樣的痛苦、難過，茫然與崩潰則取代了遲疑和膽怯。曾經他多次不敢相見的她，反而不再有她的信息，他領會到對信守失落的絕望和無助，她和永遠的陳先生不知是否有永遠的未來。

命運之神並非再三戲弄他們，陳先生在一次故國參訪中，在落腳的海麗酒店裡，竟然碰到了曾經苦思夢想的王麗美，兩人在誤解、坦白、傾訴之後，廿多年的相思之情油然而生。原來她是到海口繼承祖父產業，再跟香港財團合建經營這海麗酒店。她並非負心的人，在離開台灣時，她帶出來的是寶貴的七十六封信，她一生待在兩個小島上吃過苦，淪落到金門時，過著沒有尊嚴的日子，唯一的安慰是認識了永遠的陳先生；定居在故鄉海口時，打拼的是充滿自主的生活，唯一懷念的仍然是她永遠的陳先生。對於他們而言海口是天之涯，金門是地之角，不論天涯海角，都有美好的事物等他們去尋找，更有寶貴的真情等著他們去珍惜。

金門一別就是廿幾年，王麗美當然非常珍惜著眼前的幸福，一事一物都提醒他，不論天涯海角，都要互相照顧。並讓心愛的人改頭換面，重新製裝，宛若上流社會人士。然而，她怎能想到，廿餘年前她心目中肯上進，有理想有抱負的青年，竟甘心過著只求溫飽，與世無爭的生活。而在這個重逢的機會裡，對於王麗美的真情表現，他猶以另類的有色眼光來誤解她的愛意：「在茫茫的人海裡，難道我該用虛偽來遮掩一切，才能與麗美美麗的容顏相搭配，險惡的人類啊，你們口口聲聲要改革這個不良的社會，要建立一個祥和和完美的社會，為什麼無法取下人類勢利的雙眼，為什麼？為什麼？」他並沒有留下來與王麗美繼續談論「未來」，他們談論僅是「豐富的過去與驚奇的現在」。

驚奇的是在複雜體制下的海南島，竟然保有如此豐碩的人文建設，文化之美在這裡顯得更紮實。陳先生即使不了解自己生長的地方到底比海口有增添多少自由的氣息，但卻竊喜能夠欣賞到更多的人文之美，這是他自幼所盼望的吧？實際上，四週望去，盡是高樓大廈，繁榮的景象也是他成長而未見。而他曾經相許要照顧一生的王麗美，在號稱海濱鄒魯的家鄉，不能過著有人性、受尊重的生活，反而在她曾經失落的故鄉海南島上尋回自我，並打拚出一片天來。王麗美希望這片天中他倆共同去開創，他卻寧願選擇返回家鄉去。面對他的返鄉，王麗美猶抱希望他回金門處理事務後能回到海口一起生活。一面幫忙收拾行李，一面刻意把他打扮成上流社會的紳仕，缺少的可能是煙斗和雪茄。而他感覺到的是：「任憑你滿腦的四書五經，也抵不過一條繫在頸上的領帶。」對於這些他們遊走的社會，他倆曾經佇足的地方，他始終懷疑美麗的事物在那裡？

美的事物到底在那裡？美的事物常從我們的周邊悄悄地溜走吧？面對這個曾經相約照顧一生的陳先生，王麗美再度提醒他要及時把握人生：「命運要我們自己來開創，幸福卻掌握在你手中。」並約定九月廿九日在香港見面，共同展開邁向幸福人生的另一個旅程。

返鄉的心情充滿興奮，也夾帶著幾分離愁，視陳先生如父親的海麗，也特別請求他：「陳叔叔再見，別忘了九月廿九日媽媽在香港等你。」

然而在登機後，他似乎不再眷戀海南這個地方，他已決定將在這佈滿荊棘的人生旅途上，繼續孤單的行程。並非有人虧待他，而是他個人過於頑固吧！難道他也學會以有色眼光來看這世俗？還是他很在意那飄揚空中的不一樣旗幟？是他不忍去打擾王麗美穩定的生活？或是他懷疑這一段苦澀之後不是甜蜜？或是更苦、更澀？曾經他像飲下一杯苦澀的烈酒，心理是那麼不是滋味。

「麗美，別再叫我陳先生了，就改口叫我名字吧！」

「不，不管我們將來結局如何，你是我心中永遠的陳先生。」

他內心浮起數以千計的問號，但願能有一個滿意的答案。自始至終究竟未見王麗美親口叫一聲男主角的名字？導致他對自己身分的不確定引發的直接抗議？還是對自己生活的欠缺安定性所產生的回應？讓他登機後未做回到海南的打算？也許在他回到金門後，再重讀美學，瞭解美的真正含意後，他會再與王麗美連絡，適時把握人生的真善美，實踐他們永遠的承諾。

不論結局如何，我感覺做為一個讀者能為他們祝福就是最好的結局。至少，在金門時期，陳先生能別於他人（含貪圖她的美色）的把王麗美當做朋友、接納她、協助她，並與她共譜戀曲，這份真情，著實可貴。在海南階段，陳先生又異於他人（也許覷覦她的財富），把深情藏在心底，獻上祝福，卻未再與她連絡，那份真意，值得學習。

若是有情，天涯若比鄰；若是無義，咫尺似天涯。不論天涯與海角，不論金門與海南，只要深具真情，每個月夜同樣高掛著圓滿明亮的月光，月光下同樣揮灑溫柔與甜蜜，同樣堅持一生中最美的承諾。

原載二〇〇一年七月十四—十五日《浯江副刊》

人生海海情悠悠
——陳長慶《春花》讀後

陳延宗

在地球儀上要找金門真不容易，然而島嶼雖小，卻還是有百來個自然村座落四處；而在五個鄉鎮中，要找一間藏書豐富的書店卻也不是很容易的事。對於住在金城的我，找書、買書常成為到山外的理由。在這新的世紀裡，很高興又多了另一個到山外的新理由，那就是去訪友。

到山外拜訪的朋友當然不只一個，「長春書店」的陳長慶卻是常去拜訪請益的文友。祇因為踏進書店大門，既可看書又可與長慶兄談天說地，實在是踏足山外最佳的原委。當然，就如同許多來訪的朋友一樣，探訪時常會碰到白髮蒼蒼的老主人，站在櫃台前埋首振筆疾書；大家都知道，長慶兄就是在這種狀況下完成許多創作的。

曾幾何時，長慶兄開始學起電腦，彈指神功揮舞之間，將腦海的種種思緒化作隻言片語。對於十年前可能被視為出神入化的動作，在目前卻流行於全世界，甚至連小朋友都操作得非常熟練了。所以長慶兄初期使用電腦輸入法來創作，對他個人來說既新奇又實用。就像家用電腦的普及，網咖也開始橫掃到金門的各鄉鎮，青少年們都趨之若鶩。大人認為不可思議的事，卻經常莫名其妙的來臨。這不過在提醒我們一件事，那就是金門的生活根本是跟著台灣的模式遷動，更嚴肅的說，金門是這地球村的一份子，一切生活事務都會受到時代脈動的影響。

隨著世界民主潮流的普及，鄉親在嚮往民主、爭取權益之際，雖歷經一番辛苦，現在想得到的也握在手上，不想或根本想不到的卻也來了。「選舉」這玩意兒，實在令人又愛又恨，卻也惹出許多是非來。生活權益提高了，鄉親感覺收穫不少，卻也失去了許多。「選舉」是令人期待又怕受傷害的事件，「賄選」卻是令人百般推辭不去的夢魘。

長慶兄將觀察選舉文化的眾生相藉著鍵盤敲擊而出，《春花》於焉誕生。使用電腦這新奇產品來描寫賄選這新奇怪物，作者心中必是百感交集。長慶兄的小說創作，總是給人很生活化的感覺，是對過往的一段追憶，或者對已逝的錐心緬懷？還是對現實的全面省悟，以及對未來的一種期待？不同的讀者常有不同的解讀方式，同一讀者在不同的時刻又有不同的感受。

長慶兄的小說背景常是就地取材，亦是鄉親所熟悉與經歷過的，讀後讓我們彷彿又回到孩提時代去了。不論他的作品題目素材是什麼，讀來總會令人非常親切，甚至小說中常會有許多情節與他的經驗極其相似，而讓不少人誤以為作者就是書中男主角，他的小說，似乎是自我生活的真實告白。

讀者有這種感覺，是全世界小說家常會碰到的問題；這種誤會，更讓許多小說家造成不少困擾。這些誤會，對小說行銷而言有時是充滿賣點，有時卻模糊了讀者的焦點，把重心都放在作者的生活上。為了避免徒增額外的負擔，長慶兄變動了方式，他首次以第三人稱的觀點來開啟《春花》這個故事的序幕。

《春花》與其說是部寫實的小說，不如說是家鄉成長片段的記錄。在五十餘年的歲月裡，我們總是期待著春城無處不飛花的興緻，偶而卻僅有春花秋月何時了的落寂。《春花》想要告訴我們的，實際上是早已埋設在你我心中的點滴；作者以第三人稱來宣告這部小說的誕生，無非是把這個寶貴的機會讓給讀者，讓你我同步來揭開這序曲，一起溫習社會大學裡的點點滴滴。

金門這個蕞爾小島，是個典型的農村社會，百姓的個性十有八九都是質樸憨厚。在特殊的地理環境，與數十年的複雜體制下，讓這個特殊的島嶼蒙上更神秘的色彩。百姓長久承受異樣的待遇，可惜的不是該有的權利未能及時享受，可怕的是在苦難當中遺失了許多寶貴的資產。

在《春花》這部小說中，矮古伯仔代表著老一代的金門鄉親，代表著過去百姓生活中所緊守的堅持。早期百姓的生活雖然不是很富裕，但一畝田地總是種出一片希望，辛勤播種之後常會滿懷期待著收割。不管環境怎樣困窘，矮古伯仔始終如一地把每日的工作安排好。日出即到他的希望之田耕種，日落則回到他所依靠的家休息，沉穩厚重中顯現出對上天的尊敬與家庭的尊重，以及對這片土地的熱愛。

矮古伯仔的兒子空金，代表年輕的一代，金門人厚實純樸的個性處處可見，他們充滿著活力，卻常會禁不住外來的誘惑。年輕人容易衝動的特質，為他個人帶來一段不愉快的婚姻，讓家人共同體驗不一樣的歲月。為了和春花結婚，他不顧老人家的勸告，將一個特殊的女人迎娶進門，日子變得多彩多姿，但也搞得風風雨雨。

春花對於矮古伯仔一家而言，十足是個外來體。它代表著異樣文化的介入，她的出現，讀者一目了然地肯定她不是一個乖女孩。她不僅要嫁給空金，還要參選代表，十分懂得安排自己的生活。然而她的參選方式，卻採取不正當的手段，實際上也是許多候選人常用的伎倆。春花的出現，曾經左右過矮古伯仔一家人的生活，也嚴重影響到整個村莊，整個社會。一個花樣般的女子，通常會給人無限的遐思，就像金門鄉親心中經常存在著許多美夢一樣。青春年華藏不住熾熱的火焰，她倒也懂得應用天生本能，去求取一時的快樂。殊不知天外有天、人外有人。在她邁向新生活後，碰到了馬哥，乾柴烈火中各懷鬼胎，最後卻偷雞不著蝕把米。在執意與空金離婚後，馬哥也趁機瀟灑地以走為上策，徒留她獨守空閨。

「空金」給人的印象是老實純樸，人如其名的傻不隆冬的，被春花迷得團團轉而不自知。就在春花沉迷之時，幸而作者手下留情，安排空金知錯而改，否極泰來，終能過著平實而快樂的生活。然而在這個社會裡，卻有許多比空金「更空」的人，平時為了一點小利而斤斤計較；選舉時卻為了千百元的賄賂，甘願將自己的幸福葬送在他人的手中。這些現實中的空金，尚不知何時才能獲得上天的憐憫與關愛？

故鄉金門，在追求現代生活的旅程中，一路走來，的確非常辛苦。空金之碰到春花後所受的折磨，比之金門追求現代生活、爭取權力所受的罪，實在是小巫見大巫。在這塊土地上，鄉親們當然希望能過一個更好的日子，但每到選舉時，大家又如著了魔似的，任憑有心人擺佈。就像空金一味的迷上春花一樣，始終沉醉在甜蜜的情網裡，深陷囹圄卻不自知。

在追求民主、崇尚權力之時，貴為萬物之靈的人類，卻常會犯下比任何動物還愚昧的錯誤。為了少數的金錢，短暫的利益，甘願把自尊甩在一邊，貶低自己的身價，去屈就於邪惡卑劣的手段，殊不知未來的前程就此葬送在他人的手中。很可惜的是，金門在歷史的軌跡中，竟然也步上這個後塵，令人憂心又無奈。

《春花》這本小說，就是在擔憂這種無奈，蕞爾小島那有什麼本錢去跟這個世界比？只不過是鄉親彼此間的親和力，對這個島嶼的向心力，大家都能如同一家人，相處在小島上罷了。然而，由於島民卻宿命似地受限於四週的海域，未見怒潮澎湃的胸懷，但見偏頗狹隘的胸襟，始終無法體會眾志成城的真諦。

長慶兄憂心歸憂心，字裡行間卻對故鄉充滿期望。由於他的仁慈，春花回心轉意，一番懺悔之後，以實際行動來表示她是真心地在贖罪。這似乎是違反了小說創作的某些原則，因為小說佈局是講求越曲折越精彩，故事發展是強調越詭異越吸引人。《春花》自始即以平實的手法來鋪成整個故事的發展，未見煽情惹火的情節，但因字裡行間儘是活生生的經驗，所以令人矚目，令人想一口氣把它讀完。

《春花》這部寫實的小說，鄉親讀來有如在對自己作一番省察，或對這個社會作一番回顧，若是在選舉前後讀來則應更有體認吧！這部小說，若要找出它的缺點，我想「從此王子與公主過著快樂美好的生活」似的結局該是唯一令人異議的缺失吧！長慶兄冒然觸犯寫作法則，知其不可為而為，卻是慎重的表現出對故鄉的一種盼望，一份真心的期待。

作為《春花》的讀者，我是要對作者提出抗議；由於他的仁慈，所以女主角改過遷善的變好了，讓讀者未能看到更曲折精彩的結局。身為金門的鄉親，我卻要對長慶兄表示敬佩；因為他的關心，對於故鄉始終未放棄希望，讓鄉親充滿信心的期待著更美好的未來。

我想祇有像作者一樣真正嚐過苦難滋味的人，才會珍惜每一個活著的時刻，每一個與人和睦相處的機會。

因為生活本身就是一種藝術，而人是大自然中藝術創作的一部份，懂得生活的人卻是大自然中最佳的藝術創作者。金門雖是大自然的小海島，《春花》一書卻透露出鄉親千萬不要妄自菲薄，我們無法祈求太平洋上天天風平浪靜，但可以要求自己心田裡時見海闊天空，而鄉親的和諧融洽則是未來榮景最佳的註解。

金門這個島嶼，曾經失去了春天，何時會尋回鄉親的春天，也許大約在冬季。而此刻冬天已到，春天還會遠嗎？長慶兄的《春花》，正是告訴了你我這個可愛又寶貴的訊息，春天實際都藏在我們的心裡，放開心胸，則是滿庭芬芳，處處留香。

配合時代的脈動，長慶兄改以電腦來創作，並首次以第三人稱出發，不僅與時代的腳步更契合，且與讀者的距離更貼近。《春花》完全是與讀者同一個角度去看金門，去看未來。鄉親若能常保眼睛的明亮，則能看得更深遠，常讓心胸更開闊，未來反而更寬廣。使用電腦工作是種時代的趨勢，保有自然的心卻是恆古不變值得謹守的生存法則。

《春花》裡的空金與春花是由作者為他們的生命下註腳，現實中的鄉親則有待你我為自己的未來做判斷。我們希望新的一年能春城無處不飛花，富貴安康到每個鄉親的家。長慶兄的《春花》正述說著：「你我心中都有一朵永恆的生命之花。」而親情與真心正是它綿綿不息的泉源。

金門這片不能被出賣的淨土，我們不能祈求她四季如春，但願生長在斯地的鄉親，都能享有自然的四序運轉與代代豐年。在金門這片仍待開墾的文學田園裡，《春花》讓我們回顧多少往事，我們期待在文學領域上，有更多的繁花怒放，錦繡浯鄉。我們也期盼長慶兄，在《春花》之後，繼續呈現累累果實，讓我們分享更豐富的文學饗宴。

原載二〇〇二年元月五日《浯江副刊》

附錄

——咱的故鄉咱的詩

今年的春天哪會這呢寒

今年的春天哪會這呢寒
黑陰的天氣　咻咻叫的風聲
無人的車站　冷冷的街景
三二個戇兵仔　一二個過路客
阮舉一塊椅頭仔　坐佇車路墘
看看遠遠的樹影
望望黑暗的天邊
親像一隻孤單的老猴
等待著西方的日頭

今年的春天哪會這呢寒
天公伯仔無落雨

做穡人　真艱苦
無收成　飫腹肚
夭壽大陸仔
一斤芋賣十五
三斤蠔賣百五
明明要絕咱金門人的生路
想要搰力來拍拼也無撇步

今年的春天哪會這呢寒
生理人　差真儕
十萬大軍變萬五
好名好聲做頭家
比起苦力抑不如
死會硬　利息重
國稅局　毋放鬆
萬稅　萬稅　萬萬稅

萬稅　萬稅　萬萬稅
敢毋繳　送法院
關共予汝　塗　塗　塗

今年的春天哪會這呢寒
咱的家鄉咱的愛
凡事哪有三通急
憨台仔毋捌字
共咱當做白老鼠
阿共仔對咱無興趣
這門想要比彼門
親像戇囝仔佇眠夢
開繳場　設工廠
轉運站　娛樂場
數想大陸仔來觀光
政客喙　糊累累

白泡濶　黏歸喙
無替鄉親想前途
攏為家己找錢路
百姓舉狂擱計譙
三通三通通啥潲
官員頭殼咚咚嗨
伊講毋通趕緊慢慢來

今年的春天哪會這呢寒
跤手生凍籽　喙唇頂下裂
雙爿耳仔紅光光　鼻水雙港流
毋知啥物時陣會好天
毋知啥物時陣會繪寒
只好雙跤跪落塗
問問天公祖

二〇〇一年四月作品

了尾仔子

慶伯仔這世人　真怨嘆
飼一個了尾仔子
頭殼空空　腹肚無半項
欲文無筆尾　欲武無力尾
日日西裝油食粿
紅熏檳榔無離喙
話未出喙先許譙
頭毛染紅紅　電虯虯
親像中美合作的砲種仔子
獪討趁　擱假大方
東欠西借
買一頂烏龜仔車歸百萬

去酒店 開無限
一百二百 揞入酒女的奶帕縫
有錢叫帥哥
無錢是猶人
暝日咻共醉茫茫
跋輸繳 駛無步
偷提厝契去抵押
利息半年無去繳
銀行變臉親像狗
咬共予伊血若流
查封拍賣閃不過
可憐祖公的神主牌
一雙一雙放佇吊籃內
土地公 媽祖婆 暫時請去牛椆間
期待有一日

浪子若回頭
搰力拍拼來討趁
再來共伊請入龕

慶伯仔目箍紅紅　喉管滇
無言無語問蒼天
歡歡喜喜生查甫
飼大變款苦繪完
是生後生好
抑是有生卡輸無
傷心的目屎
一滴一滴
滴落塗
滴落塗

二〇〇一年六月作品

戒嚴前後

戒嚴時
我的店內 賣一本
大師的《談修養》
文教科的林股長
保防室的洪課員
同聲講阮賣禁冊
共阮沒收送法院
為匪宣傳的罪名
予阮永遠𣍐翻身

解嚴後
我的店內 賣一本

明星的《寫真集》
二個警察來檢查
伊講封面女郎無穿衫
共阮查扣送法院
妨害風化的罪名
予阮永遠洗繪清

中華民國法律百百條
白紙黑字　清清楚楚
一頁一頁　條理分明
白色恐怖
綠色執政
毋知有差抑是無差

二〇〇一年七月作品

某政客

某政客　誠趣味
滿腹道理佮仁義
九點開會十點到
點紅熏　哈燒茶
尻川坐未燒
程序先出喙
大聲細聲吱吱叫
毋是雷佇霆
親像狗放屁
官員看著伊
毋敢呻聲擱哼氣

審預算　無半撇
貸方借方攏毋捌
損益負債伊看無
拄怪官員虎臟畫
主計來解釋
見笑轉受氣
伊祖公　恁祖媽
摔椅摔桌亂亂操

某政客　誠夭壽
千聲萬聲為選民
好康逐家來相報
咱門口是暗摸摸的紅赤土
伊的豬椆邊
有路燈佮紅毛灰路
鄉親有事來拜託

喙唸龜粿粽
紅包隨汝送
討咻　討食　擱要抓
燒酒一攤續一攤
嫺仔一個換一個
看著有錢人　遠遠就點頭
看著甘苦人　一步無走到
用錢買官做　人格隨水流

某政客　誠臭屁
食肉吸血免擦喙
政治這條路
看來平波波
走起烏趖趖
人講舉頭三尺有神明
歹路走儕會拄著鬼

勸伊拜佛擱修行
才會得著好報應

某政客　免歡喜
這屆選舉是春天
春天花蕊芳　日頭艷
咱的鄉親嬒擱受人騙
數想用錢來買票
拳頭拇大粒也無人驚
十年河東復河西
地球圓圓輪流轉
上台總有落台時
毋通嬒記咧　伊貴姓
毋通嬒記咧　伊貴姓

二〇〇一年八月作品

故鄉的黃昏

日頭照著碧波無痕的水面
閃閃的金光浮佇咱的目睭前
湧拍石頭的水聲
海鳥回巢的身影
親像老人失落的心情
啊　故鄉的黃昏
怎樣無聽著蟬仔聲
怎樣無看著塗猴影
是咱的土地風飛沙
抑是予妖怪吞食
西天美麗的彩霞
哪會變成一片烏影

歹命的日子予咱心痛疼

想起彼一年
黃昏的故鄉是火海一片
無情的砲聲霆了四十外日
予這塊土地的生靈承受痛苦佮災難
鄉親期待清平
清平是
古厝牆壁一句一句的標語
咱的胸口真沉重
聲聲口號共咱壓共獪喘氣
條條單行法予咱毋敢呻聲
自由離咱真正遠
想要吐氣　也驚心驚命
甘苦的日子已經過去囉

悲傷的目屎也已經流完
啊　故鄉
咱的前途是無限的光明
拍鑼拍鼓歡喜解嚴
弄龍弄獅共戰地政務廢除
剪斷海岸的鐵線網
草埔內的地雷也排除
一間一間的樓仔厝
一條一條的烏油路
千噸的貨船駛入料羅港
噴射機也佇尚義機場起落
免錢的公車逐站停
老人月月領六仟
學生的營養午餐免收錢
牛椆間也申請著薰酒牌
啊　故鄉

汝的愛親像浯江溪水流
永永遠遠流𣍐盡
啊　故鄉
汝的恩情親像大山彼呢懸
這世人還𣍐完

黃昏
是一日尚婧的時陣
金色的天邊有一片一片的彩霞
微微的海風吹著咱的臉
東倒西歪的頭毛
親像咱的心頭亂紛紛
日頭真緊就沉入海底
月娘照著烏暗的巷仔溝
一隻一隻的火金姑佇咱門口埕閃爍
美麗的遠景𣍐擱浮上海面

啊
這呢婧的故鄉夜景
這呢靜的故鄉月夜
未來是光明在望
抑是前途茫茫……

二〇〇一年九月作品

咱主席

咱主席　真和氣
看著鄉親笑咪咪
雙爿肩胛頭
金光閃閃四粒星
佇馬祖　佇花東
佇金門　佇龍潭
治軍嚴　捌兵器
滿腹經綸無塊比
照顧部屬像家己
無分官佮兵
攏總尊敬伊

國民黨　執政期
金門人　無落氣
任命伊　做主席
敬老尊賢排第一
地方權益列優先
去馬祖　巡烏坵
大細離島走透透
金門本島毋免講
知民苦　知民怨
省府資源雖有限
問題一項一項來解決
艙佇半天劃大餅
予咱看癮要吃無

民進黨　來執政
某政客　用關係

數想主席這塊椅
鄉親序大講重話
人著有品擱有格
主席這塊椅
毋是人人坐會起

有一日　人真儕
頭綁白布條
手舉抗議的標語
欲找陳滄江　毋是翁明志
主席聽著抗議聲
實在真受氣
當兵三十外年
大砲槍籽看真儕
彼箱雞卵算什麼
伊老神在在徛佇眾人邊

問問鄉親抗議為啥物
「報告主席無事志
是人叫阮來
毋是阮愛去
中午十二時
領到便當礦泉水
阮著欲返去」
主席搖搖頭　吐吐氣
這款叫政治
這款叫政治

二〇〇二年元月作品

阮的家鄉是碧山

車過陽宅埔
遠遠就看見碧山路
正面是溪仔墘
左爿是欲去山後的路途
經過象叔仔的雙落厝
走過德幸叔公的番仔樓
睿友學校是阮細漢讀書的好場所
徐先生　對待學生像子弟
人人講伊教學認真擱嚴格
啥若毋聽話　籐條舉佇手
罵阮　死囝仔
細漢毋讀冊　大漢著放牛

幾十年來這句話
攏嘛深深放佇阮的心肝內

村內的這條路
東有東祖厝　西有前廳祖
一片一片的石頭壁
一間一間的古早厝
鄉親善良擱忠厚
無怨無嘆來打拚
田內種的安薯芋
阿爸輾的安脯糊
共阮飼大漢
予阮毋免枵腹肚

白沙崙　紅墩頂
番花跤　牛車路
有阮細漢迌迌的跤步

樹林內的杜麗吱吱叫
露穗田的蟬仔會唱歌
網加追　抓加令
掘土蚓　灌土猴
也捉蟋蟀來相咬
想起彼時陣
親像昨暝佇眠夢

昭靈宮　田府元帥香火真興旺
潁川堂　陳氏列祖列宗來保庇
男丁一個一個真爭氣
教書先生十外人　公家頭路也真最
中央官員有昆仁　金酒副總名榮華
博士學者叫建民　訓導主任是順德
檢調單位有建興　花崗課長是添壽
憲兵科長陳長春　警衛少校陳世強

海巡官員叫陳謙　中正理工陳弘驥
嫁出去的查某子
一個一個賢慧無塊比
予阮碧山無落氣　無落氣

倚佇後山頭　看著許白礁
田浦港仔　大地溪
攏嘛佇阮目睭內
樹尾綠綠　草青青
海水藍藍　沙白白
潭內有魚蝦
埈口邊仔有水路
對面就是阮的原鄉叫深滬
對面就是阮的原鄉叫深滬

二〇〇二年十二月作品

寫予俺娘的一首詩

少年時
俺娘的臉肉
親像番客送的暹綢布
近看幼微微
遠看會閃爍

中年時
俺娘的頭額
親像山頂犁過的田逝
近看有紋路
遠看是溝流

老年時
俺娘的頭毛
親像白露過後的時分
近看是秋霜
遠看是冬雪

啊
無情的東風一陣一陣吹
吹熄俺娘青春歲月的燈火
心內毋甘又奈何　又奈何
想起彼一時　俺娘佮阿爸
頭戴破草笠　擔著粗桶擔
雙跤踏落塗　忍受風佮雨
為子來拖磨　為家來打拚
毋捌聽著伊　呻聲講歹命

想起一九八六彼一年
農曆十一月十七彼一日
無張無持雷霆爍爁來變天
悲傷的風雨直直落
佛祖引導阿爸去西天
歷經生離死別的痛苦
俺娘伊　無跋倒
揩焦傷心的目屎
母代父職教子兒
做人著愛規矩捌道理
短短一句話
予阮佇社會　佮人會徛起

啊　俺娘
五月的金針花已經開啦
開佇故鄉的塗跤頂

阮以萬分虔誠的心
輕輕仔挽一蕊
雙手絣佇俺娘汝的胸坎前
請汝接受子兒的心意佮祝福
祝汝身體平安食百二

二〇〇四年五月作品

某人士娶新婦

某年某月某一日
福建金門某人士
好名好聲娶新婦
歡歡喜喜辦喜事
印來請帖無數張
張張紅紙燙金字
電腦列名免費時
東南西北滿天飛
親像秋風掃落葉
滿山遍野攏總是
府會社團局處室

政府官員人人有
咱的鄉親毋免講
東村西村到下莊
山西山前到庵前
水頭浦頭到塘頭
泗湖后湖到下湖
湖下湖尾到沙美
無管是一面之緣
抑是點頭的初交
張三李四佮王五
罔飼罔育佮罔扶
小姐先生攏有份
查甫查某統統請

玫瑰餐廳湘味館
川東飯店萬福樓

大細房間攏擺桌
紅包包最無氣嫌
有魚有肉有腹內
羊肉麵線芳絳絳
鮑魚豬跤氣味好
糯米蟳飯真好食
也有生魚搵芥辣
鄉親序大免客氣
親情朋友免行禮
千萬恁著食予飽
燒酒逐家沙米思
毋是小氣驚恁啉
警察徛佇門跤口
萬一予抓去歕氣
彼聲恁著知通死

向東的彼一塊桌
雖無深交真熟似
十二塊椅坐六個
紅包一人四百四
明明要了予我死
菜錢一桌三千六
高粱啉去二矸外
酒拳過癮划𫉬散
一枝噴噴兩相好
四季發財五進魁
六六大順七七巧
八仙過海九九怪
伊贏拳來我輸酒
攏無替我想看覓
若是逐桌這款樣
有失體面也了錢

擉擉算盤詳細算
算來算去算無盤
抑是毋通請卡贏

靠西的彼一塊桌
人人西裝帶手機
面無表情眼觀天
一目看出是官員
局長處長佮主任
所長廠長佮隊長
啥人敢毋扶膦脬
若是予我繪滿意
一定對伊無客氣
掀起禮簿來看覓
伊的禮數合我意
紅包一人包萬二

免講我嘛笑咪咪
一五一十來算起
這塊桌才有趁錢
予我心內真歡喜

門口已經咧放炮
酒席真緊著散去
人抑沒走先許譙
請客請客請啥潲
魚無新鮮肉無爛
大陸羊肉韌痛痛
油拌麵線爛糊糊
排骨炊芋鹹死死
紅燒雞無味無素
桂花丸湯冷吱吱
鳳梨湯無摻粉圓

燒酒毋甘予人啉
麥茶趕緊搯搯去
雜菜雖然剩真最
現現放佇灶頭邊
胡蠅蠓仔嗡嗡叫
飫鬼去食穩落死

金門所在真正細
處處需要咱關懷
政客錢銀剩真最
應該帶頭做示範
濟貧救苦排第一
服務鄉親列優先
社會人士名聲響
著做少年的榜樣
敬老尊賢教子弟

關心地方的發展
若是誠心結善緣
請請鄉親算啥物
錢銀雖然人人愛
毋通藉機想發財
人著有品擱有格
才繪予人看衰潲
才繪予人看衰潲

二〇〇五年九月作品

後記：

「紅色炸彈」滿天飛，一直是這塊島嶼的詬病。尤其是某些「有頭有臉」的「社會人士」和「政客」，他們經常藉著各種名目，美其名是請客，然而，真正的目的是什麼？善良的鄉親焉有不知情之理，只是恥於揭穿他們虛偽的面目吧！

本詩純粹是針對時下的歪風陋習有感而發，並沒有特定的抒發對象，請勿對號入座。冀望讀者們能以欣賞〈咱的故鄉咱的詩〉的怡然心境，用閩南語音把它朗誦出來。當您意會到詩中的含意而產生共鳴時，請會心地一笑，對於詩中的人物和背景，毋須加以臆測和聯想。

後記

輟筆二十餘年後重回浯鄉這塊文學園地，已是我人生歲月的暮色時分。復出的這段時間，即使沒有繳出傲人的成績單，卻也沒讓讀者們失望。除了散文和小說創作外，也嘗試著以閩南語來寫詩。儘管待商榷的地方仍多，距離文學最高意境尚遠，然在高學歷掛帥的今天，對於一位只讀過一年初中的老年人來說，卻有不同的意義。因此，我非常珍惜自己所書寫的每一個字句和章節。

二〇〇五年歲末，當《走過烽火歲月的金門特約茶室》榮獲行政院文建會、福建省政府、金酒實業（股）公司補助出版後，我突然有把先前所出版的書重新編印的構想，希望能把書中的錯別字降到最低點，以及訂正一些閩南語方面的字詞。然而，閩南語迄今尚無一套標準的字形，想把它改正得盡善盡美談何容易，只好暫時依據台北五南圖書公司出版的《臺灣閩南語辭典》做了部分校正，但〈冬嬌姨〉除外，因為它涉及的範圍較廣，並非修正幾個字就能了事，只好留待以後再說吧。而對於書中的錯別字，我是非常介意的，縱使一校再校，亦有漏網之魚，只要能把它降到最低數，我的心願即已達成。

基於上述，我把復出十年來所出版的十四本書重新歸納編輯成九本，計：「散文卷」貳冊，「小說卷」柒冊，另把友人撰述的二十二篇評論和序言，編成「別卷」壹冊，總共拾冊，以《陳長慶作品集》（一九九六—二〇〇五）為書名，交由秀威資訊科技公司出版發行。閩南語詩方面，雖然數量有限，不能單獨成冊，但部分則由金門縣文化局編入《金門新詩選集》出版，或由學校製成網頁、選為教材供學生參考，甚至民間社團辦理活動時也曾經朗誦過。為了避免散失，我把它附錄在「別卷」裡，冀望方家和讀者們指正，同時為自己留下一個慚愧的紀念。

感謝作家謝輝煌先生、白翎先生，詩人、藝術家張國治先生，《金門日報》總編輯、作家林怡種先生，《金門文藝》總編輯、作家陳延宗先生，對我的作品所做的詮釋和肯定。

感謝為本書提供封面照片的「國立臺灣藝術大學」教授張國治先生，題字的「金門縣書法學會」總幹事、畫家洪明燦先生；為本書校對的「金門縣采風文化發展協會」理事、作家薛芳千先生，為封底攝影的「金門縣信用合作社」總經理鄭碧珍女士。

感謝同在這塊島嶼相互關懷和鼓勵的朋友們。

二〇〇六年五月於金門新市里

創作年表

一九四六年　八月生於金門碧山。

一九六一年　六月讀完金門中學初中一年級因家貧輟學。

一九六三年　一月任金防部福利單位雇員，暇時在「明德圖書館」苦學自修。

一九六六年　三月首篇散文作品〈另外一個頭〉載於正氣副刊。

一九六八年　二月參加救國團舉辦「金門冬令文藝研習營」。

一九七二年　五月由金防部福利單位會計晉升經理，並在政五組兼辦防區福利業務。六月由臺北林白出版社出版文集《寄給異鄉的女孩》，八月再版。

一九七三年　二月長篇小說《螢》載於正氣副刊。五月由台北林白出版社出版發行。七月與友人創辦《金門文藝》季刊，擔任發行人兼社長，撰寫發刊詞，主編創刊號。九月行政院新聞局以局版臺誌字第〇〇四九號核發金門地區第一張雜誌登記證，時局長為錢復先生。

一九七四年　六月自金防部福利單位離職，輟筆，經營「長春書店」。

一九七九年　一月《金門文藝》革新一期由旅臺大專青年黃克全等接辦，仍擔任發行人。
一九九五年　創作空白期（一九七四至一九九五），長達二十餘年。
一九九六年　七月復出。新詩〈走過天安門廣場〉載於浯江副刊。八月散文〈江水悠悠江水長〉載於青年日報副刊。九月短篇小說〈再見海南島　海南島再見〉載於浯江副刊。
一九九七年　一月由臺北大展出版社出版發行三書：《寄給異鄉的女孩》增訂三版。《螢》再版。《再見海南島　海南島再見》初版。三月長篇小說《失去的春天》載於浯江副刊，七月由臺北大展出版社出版發行。
一九九八年　一月中篇小說《秋蓮》上卷〈再會吧，安平〉，五月下卷〈迢遙浯鄉路〉均載於浯江副刊。八月由臺北大展出版社出版發行三書：《秋蓮》中篇小說，《同賞窗外風和雨》散文集，《陳長慶作品評論集》艾翎編。
一九九九年　十月散文集《何日再見西湖水》由臺北大展出版社出版發行。
二〇〇〇年　五月『金門縣寫作協會』「讀書會」假縣立文化中心舉辦《失去的春天》研讀討論會，作者以〈燦爛五月天〉親自導讀。十月長篇小說《午夜吹笛人》載於浯江副刊，十二月由臺北大展出版社出版發行。
二〇〇一年　四月〈今年的春天哪會這呢寒〉——咱的故鄉咱的詩，載於浯江副刊。十二月中篇小說《春花》載於浯江副刊。

二〇〇二年　三月中篇小說《春花》由臺北大展出版社出版發行。五月中篇小說《冬嬌姨》載於浯江副刊，八月由臺北大展出版社出版發行。十二月由國立高雄應用科技大學金門分部觀光系主辦，行政院文建會及金門縣政府協辦之【碧山的呼喚】系列活動，作者親自朗誦閩南語詩作：〈阮的家鄉是碧山〉為活動揭開序幕。散文集《木棉花落花又開》由臺北大展出版社出版發行。

二〇〇三年　五月中篇小說《夏明珠》載於浯江副刊，十月由臺北大展出版社出版發行。同月長篇小說《烽火兒女情》脫稿，二十六日起載於浯江副刊。十一月長篇小說《失去的春天》由金門縣政府列入《金門文學叢刊》第一輯，並由臺北聯經出版公司出版發行。十二月〈咱的故鄉　咱的詩〉七帖，由金門縣文化中心編入《金門新詩選集》出版發行。其詩誠如國立台灣藝術大學副教授詩人張國治所言：「他植根於對時局的感受，對家鄉政治環境的變遷，世風流俗的易變，人心不古，戰火悲傷命運的淡化等子題觀注，……選擇這種分行，類對句……、俗諺，類老者口述，叮嚀，類台語老歌，類台語詩的文類……鋪陳一股濃濃的鄉土情懷。」

二〇〇四年　三月長篇小說《烽火兒女情》由臺北大展出版社出版發行。八月長篇小說

《日落馬山》脫稿，九月五日起載於浯江副刊。

二〇〇五年

元月〈歷史不容扭曲，史實不容誤導〉——走過烽火歲月的「金門特約茶室」脫稿，廿三日起載於浯江副刊。二月長篇小說《日落馬山》由台北大展出版社出版發行。三月散文集《時光已走遠》由金門縣文化局贊助，台北大展出版社出版發行。四月短篇小說〈將軍與蓬萊米〉脫稿，廿七日起載於浯江副刊。七月中篇小說〈老毛〉脫稿，十日起載於浯江副刊。八月《走過烽火歲月的金門特約茶室》獲行政院文建會、福建省政府、金酒實業（股）公司贊助，十一月由台北大展出版社出版發行。金門縣鄉土文化建設促進會並於同月二十六日為作者舉辦新書發表會。聯合報亦於二十九日以半版之篇幅詳加報導，撰文者為資深記者李木隆先生。

國家圖書館出版品預行編目

陳長慶作品集. 別卷 / 陳長慶作. -- 一版. --
臺北市 : 秀威資訊科技, 2006- [民95-]
冊； 公分. -- (語言文學類 ; PG0087)

ISBN 978-986-7080-60-8(平裝)

1. 陳長慶 - 作品評論

848.6 95011174

BOD Books on Demand 語言文學類 PG0087

【陳長慶作品集】——別卷

作　　者 / 陳長慶
發 行 人 / 宋政坤
執行編輯 / 李坤城
圖文排版 / 張慧雯
封面設計 / 郭雅雯
數位轉譯 / 徐真玉　沈裕閔
圖書銷售 / 林怡君
網路服務 / 徐國晉
出版印製 / 秀威資訊科技股份有限公司
台北市內湖區瑞光路 583 巷 25 號 1 樓
電話：02-2657-9211　　傳真：02-2657-9106
E-mail：service@showwe.com.tw
經 銷 商 / 紅螞蟻圖書有限公司
台北市內湖區舊宗路二段 121 巷 28、32 號 4 樓
電話：02-2795-3656　　傳真：02-2795-4100
http://www.e-redant.com

2006 年 7 月 BOD 再刷
定價：350 元

讀　者　回　函　卡

感謝您購買本書，為提升服務品質，煩請填寫以下問卷，收到您的寶貴意見後，我們會仔細收藏記錄並回贈紀念品，謝謝！

1.您購買的書名：____________________

2.您從何得知本書的消息？

□網路書店　□部落格　□資料庫搜尋　□書訊　□電子報　□書店

□平面媒體　□ 朋友推薦　□網站推薦　□其他__________

3.您對本書的評價：(請填代號　1.非常滿意 2.滿意 3.尚可 4.再改進)

封面設計____　版面編排____　內容____　文/譯筆____　價格____

4.讀完書後您覺得：

□很有收獲　□有收獲　□收獲不多　□沒收獲

5.您會推薦本書給朋友嗎？

□會　□不會，為什麼？____________________

6.其他寶貴的意見：____________________

____

____

____

讀者基本資料

姓名：____________________　年齡：______　性別：□女　□男

聯絡電話：________________　E-mail：____________________

地址：____________________

學歷：□高中(含)以下　□高中　□專科學校　□大學

□研究所(含)以上　□其他______________

職業：□製造業　□金融業　□資訊業　□軍警　□傳播業　□自由業

□服務業　□公務員　□教職　□學生　□其他__________

請貼
郵票

To：114

台北市內湖區瑞光路 583 巷 25 號 1 樓

秀威資訊科技股份有限公司　　收

寄件人姓名：

寄件人地址：□□□

(請沿線對摺寄回,謝謝!)

秀威與 BOD

BOD（Books On Demand）是數位出版的大趨勢，秀威資訊率先運用 POD 數位印刷設備來生產書籍，並提供作者全程數位出版服務，致使書籍產銷零庫存，知識傳承不絕版，目前已開闢以下書系：

一、BOD 學術著作—專業論述的閱讀延伸
二、BOD 個人著作—分享生命的心路歷程
三、BOD 旅遊著作—個人深度旅遊文學創作
四、BOD 大陸學者—大陸專業學者學術出版
五、POD 獨家經銷—數位產製的代發行書籍

BOD 秀威網路書店：www.showwe.com.tw
政府出版品網路書店：www.govbooks.com.tw

永不絕版的故事・自己寫・永不休止的音符・自己唱